# 盗賊王の純真
## ～砂宮に愛は燃える～

Haduki Uotani
魚谷はづき



Honey Novel

Illustration

坂本あきら

CONTENTS

本作品の内容はすべてフィクションです。
実在の人物、団体、事件などにはいっさい関係ありません。

# 第一章

ネーシャ・ムゥ・カイカリュースは召使いがかかげた鏡に映る自分を見た。

アイラインが強調された瞳《ひとみ》は緑青《ろくしょう》、唇に差した紅は血のように赤い。

頭の右側には鶏《にわとり》の卵ほどの大きさのあるエメラルドの嵌《は》められた帽子《ホトズ》を、もう片側からは束《たば》ねられた赤みを帯びた髪を肩に下ろしている。癖のある髪だが、今日は召使いたちが丹念に櫛《くし》を入れたおかげでしっかり整う。

髪は美しい金銀の刺繍《ししゅう》のされたハンカチやルビーで薔薇《アデニウム》を象《かたど》った花飾りで彩られる。目の醒《さ》めるような薔薇色の足衣《シャルヴァル》に、緑の刺繍のほどこされた白の長袖《ながそで》の上衣《カフタン》――男性用のように足首にまで届いているのではなく、腰のところで引き絞られている――を合わせ、さらにビロード織りで真珠のボタンをつけた半袖のカフタンをさらに羽織る。そして足下《あしもと》を彩る沓《くつ》にはベルベットがつかわれ、細密な花鳥の意匠《いしょう》がほどこされていた。

これに、ダイヤモンドをあしらった腕輪をつけている。

「姫様、大変お美しゅうございます。どんな宝石も今の姫様の眩《まぶ》しさには勝てません」

「まさしくカイカリュース家の姫君でございます。きっと陛下もお喜びのことと存じます」

召使いたちは歯の浮くような称賛の声を次々に並べた。

「そうね。立派な貢ぎ物になりそうだわ」

ネーシャの一言が部屋の温度を下げ、困ったように召使いたちは顔を見合わせる。

「おお、我が娘よっ！　なんと見事なっ……」

背後から声が響いた。

振り返ると、白いもののまざった髭《ひげ》を蓄えた父王と、沈痛な面持ちの王妃が室内に入ってくる。

召使いたちが低頭して部屋を去っていく。

「木を登り、馬を乗り回し、従者たちをまとめて盗賊ごっこをしていたあのお転婆がこんなにも美しく変わるとはなぁ！」

父王は破顔する。

「お父様、言いすぎです」

父王はすがりつかんばかりにネーシャの手をぎゅっと握った。

それまで張りついていた笑顔がゆっくりと崩れ、くしゃくしゃになる。

「……すまぬ、すまぬのう」

さっきまでの明るい声がひそまる。

「お父様……っ」

「すまぬ、すまぬっ……」

父王の手が小刻みに震える。気づけば、父王の目は潤み、赤くなっていた。

「お父様、これも、カイカリュースの家に生まれた者の務めと心得ております」

「陛下、そろそろ……」

王妃が夫を宥《なだ》めるように声をかける。

それでも父王はなかなか手を離さなかった。結局、王宮の中庭におかれている輿《こし》のなかに入るところまでずっと手を離そうとはしなかった。

「お母様。これまでお世話になりました。不肖の娘ではございますが、ネーシャ・ムゥ・カイカリュース。行って参ります」

「……がんばるのですよ」

そのときになって母の目から静かに涙が一筋、流れた。

しかし気丈な王妃は顔を俯《うつむ》けることなく、まっすぐにネーシャを見つづけた。


花や鳥の意匠を四方にほどこした艶《つや》やかな布帛《ふはく》で飾った輿に乗ったネーシャはそっと帳《とばり》を持ちあげて、もう二度と戻ることのない故郷を振り返る。

遠くに王宮とその街並みがかすかな影となって見える。

輿の前後にはラクダに跨《また》がる護衛、嫁入り道具を入れた長櫃《ながびつ》を担ぐ従者、召使いたちの行列が続いている。

（私はこれで永遠に囚《とら》われの身……あんな男に手をつけられるなんて、そんなこと……ぞっとする。でも、私はそれを拒めない。あの男がへそを曲げれば、国が滅ぼされてしまうかもしれない）

ネーシャは思わず自嘲《じちようてき》的な微笑で唇を歪《ゆが》め、ホトズや腕輪を外す。こんな宝石でごてごてに飾りつけたものをいつまでも身につけていてはどうにかなりそうだった。

十六歳の誕生日を迎えることがこんなにも辛《つら》く苦しいことになるなんて。

婚姻などといえば聞こえはいいが、要するに人質だ。

ここ、大陸ヒジュラは一つの大国、タジマムーン王国と数百の小国家とで構成されている。

タジマムーンは広大な領土と軍事力を有しているだけでない。ほとんどの土地が、砂漠と山脈で覆われているヒジュラにおける生命線ともいうべき導水暗渠《カナート》の豊かな水源を持つ山脈を背景にしているのだ。他にも水源を持つ国はあるが、多くの小国家がタジマムーンの領地から延びるカナートによって命脈を保っている。

しかしそれだけで何百もの国々のすべてを支配するには足りない。大陸の人々すべてを支配できる理由はその創建の頃にあった。

タジマムーンは別名、英雄王朝と呼ばれる。

世界はかつて四つ首を持ち世界を焼く炎をまとう魔龍《まりゆう》によって滅ぼされようとしていた。

緑豊かな土地は焼き払われ、水は涸《か》れ、明日をも知れぬ絶望を前に人心は荒《すさ》み、世界は血に染まった。

そこへ天より舞い降りたといわれるのがタジマムーンという一人の青年だった。彼は神より授かった剣と楯《たて》とで魔龍の炎を防ぎ、首を打ち、人々から王のなかの王、英雄王へ祭りあげられた。

そしてタジマムーンは魔龍によって荒野と化した大陸に住まうすべての人々を前にし、こう宣言した。

〝我が身はいずれ土くれとなろうとも、我が魂は子や孫の肉体を借り、永久《とこしえ》の生を享《う》け、この世界を護《まも》る剣となり、楯となろう。民よ、もう一度、世界を造れ、生命を産み、育《はぐく》め。このタジマムーンの庇護《ひご》の下《もと》に――〟

その言葉に奮起した人々によって荒涼とした大地に村が造られ、街となり、大小様々な国が築かれた。

今日にいたるまで人々を脅かす災禍《さいか》は何度となく訪れた。しかしそれを退け、人々を護る軍の先頭に、タジマムーンの血統を受け継ぐ英雄王たちの姿があった。

奴隷の反乱、宗教動乱……。

タジマムーンがいなければ大陸はかつての魔龍のごとき数々の災禍によって滅んでいただろう。

大陸中の誰もがそう考え、永久の忠誠の証《あかし》として自分の娘をタジマムーンの後宮へ贈る。

そして今、この大陸に災厄の足音が近づきつつあった。

（サリフ・ジース・タジマムーン……）

今の国王、サリフとは一度だけ会ったことがある。ネーシャがまだ六歳――はじめての謁見のことだ。彼は五歳年上で、そのときは先代の王がまだ生きていた。

サリフは子供心にもはっとするような美しい顔形をし、母親の血筋を強く受け継いだのか、金色の髪に青い瞳、女性のような白皙《はくせき》をしていた。

物腰がやわらかく、まるで大人のような分別のある喋《しゃべ》り方をした。実際、タジマムーン宮廷の人々は誰もがサリフの美しさはもちろん、才覚に心酔しているようだった。

両親は次代の国王の器量に満足し、タジマムーンはなにがあっても安泰だと喜んでいた。

しかしネーシャは一目見て嫌いになった。見た目はにこやかに、礼儀をわきまえた風でありながら、その眼差《まなざ》しはネーシャだけではなく、父や母を馬鹿にしきった酷薄なものに見えたからだ。

そのときのことを思い出すと、胸に秘めた思いがよみがえる。

謁見の後、サリフに誘われ、ネーシャは宮庭の散策をする羽目になった。

サリフがいちいちあの花は、その鳥は、どういう名前でと、知識をひけらかしているのに飽きてきた頃、ネーシャはこちらを見つめる少年に気づいた。

——殿下、あの子は……

年の頃はネーシャとそれほど変わらなかっただろうか。

黒い髪に赤銅色《しやくどういろ》の肌をした痩《や》せっぽちな少年で、背丈はネーシャのほうが高かった。

といって、まとった衣服は飾り気こそなかったが仕立てのよいもので召使いのものとは違っていた。もしかしたらサリフの兄弟かもしれない。

——あれはなんでもないよ。

サリフはそんなことより、あっちの四阿《あずまや》にお菓子を用意させたんだと引き離そうとする。

それからしばらくサリフにつき合ったのち、ネーシャは落とし物をしたと偽って、あの少年を見た場所へ戻った。

しかしその場にはもう誰もいなかった。

ネーシャは生まれながらに持った好奇心と行動力を遺憾《いかん》なく発揮して庭園中を探し回った。

そして庭園を囲う壁にぶつかったとき、その向こうから声が聞こえてくるのに気づいた。

しかし目の前に立ちはだかる塀はネーシャにはあまりに高すぎる。大人でも簡単には乗り越えられないくらいに。

どうにか向こう側へ行ける道は、と探し出した結果、子ども一人が通れそうな小さな穴が下の方にあいているのを見つけた。そしてその穴は意図的に草木で目隠しされているようにも見えた。

ネーシャは目を輝かせて、その穴をくぐった。

塀の向こうには小さな屋敷と前庭があった。

その前庭には細身の木があり、そしてあの少年がいた。

一人で模造刀を手に、木に吊《つ》るした枝と格闘していた。

ネーシャは剣術の真似事《まねごと》のような光景をじっと茂みにひそんで盗み見た。

叩《たた》くたびにぷらぷらと揺れる木に翻弄《ほんろう》され、足をもつれさせて尻《しり》もちをついたところで、ネーシャはこらえきれなくなって笑ってしまった。

――だ、誰……？

少年がびっくりしたように聞く。

ネーシャは観念して彼の前に進み出た。

――私はネーシャ。ねえ、あっちにお菓子があるわ。一緒に食べない？

――た、食べない。

少年は急に話しかけられて、おどおどしていた。

――どうして。お菓子嫌いなの？

――嫌いじゃないけど、兄上がいるし……

――やっぱり弟なのね。でもぜんぜん似てないわね！　ねえ、その剣を貸してよ。

――これは……だ、ダメだよ。危ないし。

——あなたよりはうまいと思うけど……まあ、いいわ。じゃあ、一緒に木登りしましょ。

——ダメだよ、危ないって！

——臆病なのね、これくらい、いつもやっているもの！

——だ、ダメだよ。やめなよ……

ネーシャが少年の制止する声などものともせず木を登り、枝に手をかけ、体重をそちらへ移そうとしたそのとき、軋《きし》んでいた枝が呆気《あっけ》なく折れたのだ。

——あ……

ネーシャの身体《からだ》は宙へ投げ出された。

地面に叩きつけられてしまえばただではすまない。しかし、目をぎゅっと閉じたネーシャはいつまでも痛みを感じなかった。

——え……？

おそるおそる目をあけると、少年が抱き留めてくれていた。

——だい、じょうぶ……？

——ありがとう……

しかし次の瞬間には、自分が助けられたという安堵《あんど》はたちまち消えた。

少年の腕が折れた枝によって大きく傷つけられ、血が流れているのを見つけたのだ。

——あ！　血、血が……

——大丈夫、だから。

少年は顔を歪めながら気丈に言い、そっとネーシャを地面へ下ろした。

——大丈夫じゃないわ！　ごめんなさい、わ、私……私……！

慌てるネーシャに「泣かないで」と言ってくれた。

——男は女を守るものだから。だから、きみを助けられただけで嬉《うれ》しいんだ。

少年は痛みをこらえるせいで涙目になりながら、ネーシャを安心させようとするみたいに笑顔を見せてくれた。

なんて綺麗《きれい》な瞳……。それがとても印象に残った。しっかりとネーシャを見つめる琥珀《こはく》のように鮮やかで大きな瞳を、そこにある高潔な光を、今でもはっきりと覚えている。

こんなにも覚えているのは、彼がネーシャがまともに口を利いた、はじめての同年代の少年だったからということもある。そしてこれまであんな風に誰かに助けられたことなどなかったから。

なにより、あれがネーシャにとってはじめての、そして最後の恋——だったから。

それから異変を察知した大人たちが駆けつけ、結局、あの少年の名前を聞けぬままに国へ帰ることになってしまったのだ。

（そう……昔の、こと……あれは、最初で、最後の、恋……）

あの後、サリフの弟について両親に聞いたが、二人ともサリフにはたしかに何人か弟がいるが、ネーシャの説明した見た目に合う子はいないと言われた。

あの少年が嘘《うそ》をついたのか。いや、あの子が嘘をつくような子には思えない。

でも——。

(そんなことはもう、どうでもいいこと)

サリフの後宮の飾り羽の一つになる以上、あの酷薄な青い瞳の男以外の瞳を二度と見返すことができないまま一生を終えるのだ——。


「…………っ」

ネーシャは外の騒がしさにはっとする。

いつの間にか眠り込んでしまっていたようだ。

(な、なに?)

王城を出発してどれほどの時間が経《た》ったのかわからない。

タジマムーンからの護衛と合流したのだろうか。

そう思い、帳を持ちあげてはっとした。

周囲にはもうもうと土煙が上がっていた。ラクダが行き交い、護衛たちが黒い覆面姿の男たちと激しく剣を交わしていた。

(盗賊……っ!?)

近頃、大陸のそこかしこで見られるという盗賊団の存在は、話し好きな召使いから聞いていた。運よくカイカリュースの領内ではまだ見られなかったが、それでも外出は厳に慎《つつし》むようにと父から言われるほどだった。

「姫様、お逃げください！」

黒い覆面姿の盗賊を斬り伏せた護衛が叫ぶ。

ネーシャは輿から飛び出すや、なにかにつまずき、転んだ。

振り返ると、恐怖に顔を歪ませたまま事切れた従者だった。

男たちの争う声と、召使いや従者たちの悲鳴や断末魔の叫び、怒号で地獄絵図が広がる。

「あの女だ！　カイカリュースの姫だっ！」

覆面の一人が指を差してがなった。

目だけをのぞかせた姿でも、その野獣のごとき残忍さをひしひしと感じた。

（ラクダは……っ！）

あたりを見回すが、見当たらない。

その間にも盗賊たちは距離を詰めてくる。

逃げ場を塞《ふさ》がれ、ネーシャは追いつめられる。

腰に差していた宝石で飾られた守り刀に手をかけた。

（お父様、お母様、お許しください）

って入る。

辱められるのならばいっそ――。

そのとき、黒く大きなものが崖《がけ》をすべりおりるようにして、ネーシャと盗賊たちの間に割
(え……?)

仰ぎ見ようとするが、逆光になり判然としない。

それでもそれが馬に跨がった人であるとわかった。

唖然《あぜん》としているネーシャの身体をすくいあげるように腕が伸びる。

気づけばネーシャは半ば無理矢理、乗り手の背中に乗せられていた。

「早く摑《つか》まれッ」

ネーシャは言われた通り、乗り手のお腹《なか》に手を回す。

「ハッ!」

鋭いかけ声と共に馬は疾風のごとく駆けた。

立ちはだかる盗賊たちを蹴《け》散《ち》らし、騒擾《そうじよう》の中心からぐんぐんと離れていく。

ネーシャは振り落とされまいと、目を閉じ、必死に男の身体にしがみついた。

びゅうびゅうという風を切る音が耳を撫《な》で、騎乗者の体温を感じた。

一体どれほどそうしていただろうか。

馬が疾走から並足《なみあし》になったのがわかった。

おそるおそる目を開く。

「こ、ここは……?」

目の前に大きく口をあけた洞穴があった。

「頭領!」

洞穴の周辺にいたラクダに跨がった男たちがやってくる。

「っ」

その姿に息を呑《の》み、思わず乗り手の身体に回していた腕の力を強めてしまう。

近づいてくる連中はすべてさきほどの盗賊と同じように黒い覆面に、目だけをのぞかせていたのだ。

ネーシャは自分を窮地より救ってくれた乗り手をあらためて振り仰いだ。

その男もまた黒い覆面姿で、目だけをのぞかせていた。

瞬間、ネーシャは馬から飛びおりていた。

しかしその馬は普段乗り回している馬より一回りも大きかったせいで、うまく着地ができずに砂地を転げてしまう。

「うっ……」

それでもどうにか立ちあがろうとすると鈍い痛みが右の足首を襲う。どうやら飛びおりた拍子に捻《ひね》ってしまったらしい。

それでも這《は》い蹲《つくば》るように逃げようとする。

「おい、なにをしているっ！」

乗り手が驚いたように馬から下り、肩を掴んできた。

「下郎、は、離しなさいっ！」

反抗しようとするが、あっさり手首を掴まれる。さらに抵抗しようとするが、足首の痛みのせいで膝《ひざ》を折ってしまう。

「ケガをしたのか」

「なんでもありませんっ」

出迎えた騎乗者の仲間たちが駆けつけてきて、ネーシャを囲んだ。

「頭領、女を攫《さら》ってきたんですか」

「タイーブにケガ人を運ぶと伝えてくれ」

「わかりました」

「や、やめなさい！　離しなさい……っ！」

頭領と呼ばれた男は問答無用とばかりに肩に担ぎあげると、ネーシャの声など完全に無視して洞窟の奥へ入っていく。

「聞こえないのですか！」

洞窟内にネーシャの声が反響する。

二人並ぶのがやっとな幅の道を進んでいくと不意に視界が開けた。

「無礼者、お、下ろし……え？」

思わずネーシャは声を呑み込んだ。

洞窟の奥、広がっている空間にはいくつもの建物があった。

まるで小さな街一つがまるまる収められているかのようだった。

「頭領、ケガをしたのかいっ」

広場にあたるであろう場所に、恰幅《かっぷく》のよい中年女性が何人もの女性と共にいた。

「いや、俺じゃない。ケガをしたのはこいつだ。タイーブ、見てやってくれ。後で様子を見に行く」

「ッ！」

ようやく地面に下ろされたが、痛みに耐えきれず尻もちをついた。

タイーブに右足首を触られると、爪先《つまさき》から頭の天辺《てっぺん》に痛みが走る。下唇を噛《か》んだ。

「どうやら足を捻ったみたいだね」

タイーブは言うや、物珍しそうに集まってきた子どもや女性たちに指示を出し、二本の木の棒に布を渡した即席の担架にネーシャを乗せると、住居に運ぶ。

住居は炊事場と居間が大雑把に分けられている程度の簡素な造りだ。

居間の、地面の冷たさが染み入るような薄い敷物の上に横たえられたネーシャをタイーブは触診し、力の加減を変えたり、左足の反応を見たりする。他にも身体中をまじまじと眺めると、膏薬《こうやく》と布を右足首に巻いた。

塗り薬は鼻にツンときたが、ひんやりとした感触は気持ちよかった。

「骨は折れてないみたいだね。安静にしてりゃあ、数日で治るよ」

「……ありがとうございます」

「わめく以外にも言葉を知ってるみたいだね」

どうやらさっきまでの叫びを聞かれていたらしい。

ネーシャは耳を赤くして俯く。

「しっかし、あんた、ずいぶんといいところの娘みたいだねえ」

タイーブは砂埃《すなぼこり》で汚れた衣服をさすりながら呟《つぶや》く。

「一体どうしたんだい、あんた」

「……それは」

口ごもると、タイーブは笑う。

「ごめんごめん。そりゃこんな見ず知らずのばばあに事情なんざ話せないよね」

「いえ、そんな……。そういうわけでは」

明け透けなタイーブの反応に、ネーシャは戸惑う。

(この人も、盗賊、なの……？)

「まあ、事情はどうあれ、あんたは幸せもんに違いないね。アティルに拾われたことを神に感謝するんだね」

「アティル……？」

「頭領のことだよ」

「――タイーブ。女の様子はどうだ」

話しかけようとすると、長身の男が顔をのぞかせ、ネーシャは口を噤《つぐ》んだ。

黒い短髪に赤銅色の肌。キリリとした眉《まゆ》に、切れ長で涼やかな琥珀色の瞳。

さっきは覆面をしていたが、声は間違いなくネーシャを攫った盗賊――頭領と呼ばれた男に間違いなかった。

「頭領。この子は右足を捻挫《ねんざ》しただけだよ」

「そうか、すまない」

「なに言ってるのさ。困ったときはお互い様じゃないか」

身体を強張《こわば》らせたネーシャには気づかず、タイーブは席を外してしまう。

男――アティルと二人きり。

ネーシャは身動《みじろ》ぎ、背中を壁にぴたりとつける。逃げ場はアティルの背後にある出入り口一つのようだし、なにより捻った足ではどうにもならない。

でも、とネーシャは帯《クシャック》に差した守り刀の鞘《さや》をさする。

「そう睨《にら》むなよ」

アティルはネーシャと差し向かいに胡座《あぐら》をかいた。

「俺は命の恩人だぞ」

「恩人ですって？」

思わず鼻で笑ってしまう。

「仲間に襲わせたくせに！　それに、それに……あ、あんなに、人を……みんなを……っ」

斬り殺された護衛や従者、召使い、みんな顔見知りだった。

それがあんなにも呆気なく。

思い出すと、胃の腑《ふ》がひっくりかえるような不快感に襲われ、それを必死に抑え込むために唇をきつく噛み締めた。

「俺は知らん」

むっとしたように言う。

「し、白々しい。では、あなたは一体なんなの。こんな洞窟のなかで隠れ住んで、一体どこの国の人間――」

顎《あご》を掴まれ、無理矢理上を向かせられる。

アティルは覆い被《かぶ》さらんばかりに近づく。その目には強い険をたたえている。

「そうだ。俺は盗賊だ」

琥珀色の瞳のなかに、ネーシャが映る。

ズキリと胸の奥が痛んだ。

ついさっき、夢のなかで初恋を思い出していたその反動だろうか。

よりにもよって同じ瞳の人に……。

「……最初から、そう言えばいいのよ……。正義の味方にでもなった気でいたのっ」

アティルは眉間《みけん》に深い皺《しわ》を刻んだ。

「あのまま死んでいたほうがよかったたか？　無残に男どもに犯されたほうがましだったかっ」

「カイカリュースの女はそんな恥辱を受けない――」

守り刀を鞘から抜き放ち、剣先を向けようとすると、がっしりとしたアティルの手に手首を押さえ込まれてしまう。

痛みに顔を顰《しか》め、あっさりと守り刀を取り落とした。

「頭領、どういうことですか。女性を攫ってきたというのはっ！」

そのとき、男が顔をのぞかせた。いや、少年といってもいい。盗賊の一人にしては育ちのよさそうな上品な雰囲気をまとっている。

そしてその目はアティルがネーシャの手首を押さえ込んだそばに転がる短刀へ向かう。

「……シャル。このことは他言無用だ」

「し、しかし」

「命令だ。なにも見なかった。ただ、この女は気が動転しているだけだ」

「どっちみち盗賊同士の戦利品争いだったのでしょう。あなたはそれに勝った。満足？」

ネーシャはアティルを睨みつける。

「ああ、満足だ。おまえは俺のものだ」

「ようやく本性を現したのね」

アティルの残忍な笑みを見て、ネーシャは笑う。できる限り、不敵に。

「シャル。人を呼んで俺の家へこいつを運べ。それから人をやって見張らせろ。こいつは俺の戦利品だからな。誰も手を出すんじゃないぞ」

アティルは立ちあがると、守り刀を拾いあげ、自分のクシャックに差した。

憎々しく睨みつけるネーシャを嗤《わら》い、部屋を出ていった。

シャルと呼ばれた少年は、ネーシャとアティルとを交互に見やり、アティルの後を追いかける。

「…………っ」

荒く息をついたネーシャは手首をさする。

力ずくで押さえつけられたせいで、ジンジンと鈍く痛んだ。

こみあげようとする嗚咽《おえつ》をぎりぎりのところでこらえる。

（私は、カイカリュースの女。決して、恥辱を受けない……受けるわけにはいかないっ）

アティルとシャルは互いに馬を駆り、洞窟を離れていた。

美しい風紋に彩られた黄土の大地をアティルの黒馬が駆け、その後を引き離されまいとシャルはラクダを攻める。

太陽は中天を過ぎ、西に傾きつつある。

アティルは目当ての岩山の日陰に近づくと馬を疾駆から並足に変える。

腰から提げた革袋に入れた水を飲む。

喉《のど》が渇いてなくとも定期的に水分をとらなければ、あっという間に脱水症状に襲われてしまう。

「頭領、一体、あの女性は何者ですか。行き先も告げず、お一人で洞窟を出られたと聞いたと思ったら、いきなり……」

生真面目《きまじめ》なシャルが怖い顔で睨んでくるのを、アティルは微笑で受けとめる。

「今日、サリフのもとへカイカリュース家の者が嫁ぐと聞いた。だからだ」

「は？」

「あの女はカイカリュース王家の一人娘だということだ」

シャルはなんということを、と絶句したようだった。

「まさか、花嫁行列を襲ったのですか。あなたという人は……。ついにけだものへと成り果てたのですか！」

眉間に皺を刻み、怒りを露《あら》わにして詰め寄るシャルをアティルは制する。

背丈はアティルの胸元ぐらいしかないくせに、やたらと迫力がある。そういうところがアティルは苦手だった。

「落ち着けよ。俺じゃない」

「では……」

「襲った連中がいたんだ。それも、まったく俺たちと同じように黒い覆面の連中だ」

シャルははっとしたような顔をする。

「また、ですか……」

「そうだ。また、だ」

「……お待ちください。つまり、頭領は我々を騙《かた》る連中を止めるためにカイカリュースの花嫁行列のもとへ向かったということですか？　どうやってその連中の動きを知ったのですか。それでしたら我々も行くべきだったのでは？　なぜおっしゃってくださらなかったのですか！」

「別に連中が襲うのを知っていたわけじゃない。俺がその場にたまたま居合わせただけの話だ」

シャルは訝《いぶか》しげな表情をする。

「……では、あなたは、ご自分の身の危険も顧みず花嫁行列を見に行くためだけにお一人で勝手に外へ飛び出した、ということですか？」

「……まあ、そうなるな」

「なぜです！」

「そんなことはおまえには関係ない」

ぷいっと露骨に顔を背けたアティルに、

「関係ないっ!?」

まるで下手な芝居のように大袈裟《おおげさ》にシャルは声を張りあげた。

「関係ない！　ですか！　私が！」

「おい、声が大きい……」

シャルは食ってかからんばかりに、アティルの胸ぐらを掴んだ。

「頭領があまりにも馬鹿げたことをおっしゃられるからです。関係ない！　そんなことが、今の我々にあるとお思いで……」

ラクダの鳴き声に、二人はそちらのほうを見やった。

ラクダに跨がった白い覆面姿の人物の出現に、アティルたちははっとして跪《ひざまず》く。

「急な用向きだな」

その人物は馬に跨がったまま言う。

「お一人で？」

「他の者は周りを警戒している。早く用件を言え」

「カイカリュースの姫君の花嫁行列が襲われました」

「……ほう」

「それだけですか」

「初耳だ。それは真《まこと》か？」

「本当です。黒い覆面の盗賊どもが」

「ようやくまともに仕事をする気になったか」

「我々ではありません」

「では誰だ」

「わかりません」

「で、カイカリュースの姫はどうした？　死んだか」

アティルはその素っ気ない物言いにかすかな苛立《いらだ》ちを覚えてしまう。それが表情に出ないようにするのが大変だった。

たしかにカイカリュースは数多《あまた》の小国家の一つにすぎない。しかし仮にもタジマムーン王国へ嫁ぐ途上だったのだ。

それにもかかわらず目の前の人物はまるで他人事で、なにもかもが事務的だった。

こうして話していることも右から左に聞き流されているのではないかと疑いたくなる。

「生きています。今、我々のもとにおります」

「そうか」

「それで、引き渡しの話ですが……」

「その必要はない」

「なにを……っ」

あまりな物言いに、アティルは目を剝《む》いた。

「そんなことよりもお前は自分の仕事をまっとうせよ。国のために。——己に課された役目を忘れぬことだ」

「わかっております。ですが、それとこれとは」

「姫のことだがな。あれは死んだことにする」

「死……!? なぜですっ！」

「誰の仕業か知らないが、利用しない手はないだろう。そちらのほうがおまえたちの箔《はく》にもなる」

「…………彼女は、タジマムーン王に嫁ぐはずだった娘です……っ」

自分の感情が昂《たか》ぶるのを必死に抑えながらアティルは言った。

「数多ある小国家の娘の一人にすぎん。問題ない。それから女は処理しておけよ。後で生きているということになると面倒だ。――それから、このような些事《さじ》でわざわざ呼び出すな。時間の無駄だ」

言うや、白い覆面の人物はラクダに鞭《むち》を入れ、アティルたちに砂をかけるような勢いでたちまち駆け去っていった。

アティルはその白い覆面の人物が去っていくのを睨みつづけた。

(処理、だと)

まるで物のような扱いだ。

「……いかがされますか」

「あいつはケガをしているんだ。放り出すわけにはいかないだろう」

「処理せよ、との仰せですが……」

アティルの鋭い眼差しに、シャルは息を呑んだ。

アティルは表情をややゆるめ、従者の肩を軽く叩く。

「あの女のことは俺に任せろ。――帰るぞ。あのじゃじゃ馬が皆を困らせているかもしれない」

ネーシャが二人の屈強な男たちに連れられていったのは洞窟内にある住居のなかでも一際

大きなものだ。普通の住居を五つ六つと繫《つな》げたといった感じだ。

住居はすべて乾燥した土で造られているようだ。

内装は真新しい。

ネーシャが連れていかれたのは一番奥の部屋だ。

一応、敷物があるものの調度品らしいものは寝台くらい。

それでもなにもない地べたに座るよりありがたいことはたしかだ。

天井からはランプが吊られて、火がともされている。

洞窟のなかのせいか、時間の感覚がない。

今が朝か、昼か、夜なのか。

ただし監禁という言葉からはほど遠かった。

なぜなら。

(……まるで見世物ね)

扉はなく、布一枚で隔てられているだけということもあるのか、女性連中はもちろん、子どもがやたらと現れる。

もちろん見張りがいるはずだが、どうにも子ども相手には弱いらしく、「ケチ!」「いいじゃない!」の大合唱が始まると、「少しだけだぞ」と入室を許可される。

(少しだけだぞ、じゃないわよ)

と、少女が顔をのぞかせてきた。

ネーシャが笑いかけると、安心したのかおそるおそるという風に入ってきた。すると他の子どもたちもわらわらと入ってくる。

「ねー、お姉さん」

「なに？」

「それ」

年の頃は五歳くらいの少女が髪飾りを指差す。

「お花！　きれーい！」

「欲しい？」

「うん！」

「いいわ。あげる」

髪飾りを渡すと、少女はその小さな掌《てのひら》にダイヤでできた薔薇の髪飾りを包み込み、「ありがとう！」と笑顔を見せる。

「いいのよ。つけてあげる」

「う、ううう、重たーい！」

「まだ早かったかもね。でもすごく綺麗。お姫様みたい」

「ほんと！」

子どもの笑顔につられて、ネーシャは口元を綻《ほころ》ばせる。

どうせ酷薄な国王を喜ばせるための貢ぎ物だ。そんなものはなにもかもとっとと脱ぎ捨てて身軽になりたかった。

一人の子に渡すと、当たり前だが、他の子たちがぶうぶうと文句を言う。

ネーシャはできる限り自分の身につけているものを渡す。

「はい、売り切れ。おしまいよ、おしまーいっ！」

両手を広げ、もうなにもないことを示す。

見かねた見張りが「おい、おまえら、そろそろ帰れ。母ちゃんたちがうるさいぞ」と言うや、子どもたちはクモの子を散らすように部屋を出ていった。

子どもたちからのまたねー、という声に和やかな気持ちになっている自分に気づいて、思い出したように顔を顰める。

（……私、なにしてるんだろう）

余計な装飾がなくなったおかげで身軽になった。束ねていた髪をほどけば、くせっ毛が背中に流れる。

ほっと吐息をついて寝台に横たわった。

（……硬い）

寝具はうすっぺらく、座布団《クッション》も扁平だ。

王宮の自室にある身体を包み込んでくれるようなやわらかさなど望むべくもない。しっくりする場所を探すように何度も寝返りを打った。

(あの子たちは自分たちがおかれている状況を知って……るわけないわよね)

盗賊の家族なのか攫われた子どもたちなのか。

女性たちはどうだろう。頭領と尊敬して呼んでいるところを見ると、盗賊たちの伴侶《はんりょ》かもしれない。

タイーブも、そうなのか。……そうなのだろう。

彼女もアティルへの尊崇の念を持っているようだった。

彼女たちはこの盗賊たちがなにをしているのか知らないのだろうか。

(モヒルの虐殺……)

話し好きの召使いから聞いた話だ。

モヒルという街で女子ども関係なく殺害され、挙げ句、街に火が放たれたという事件が起きたというのだ。犠牲者は数百人にのぼると言われている。

それらは黒い覆面をつけた盗賊たちによる凶行だと言われた。

召使いの話が過大ではない証拠に、父が兵隊たちに夜の警備をそれまでよりも厳重に行うよう命じていた。

今もはっきり覚えている。夜、眠ろうとして部屋の火を消しても外で焚《た》かれた篝火《かがりび》がひどく眩しかったのを。

「――足が痛むのかい？」

はっとして顔を上げると、タイーブが出入り口の布を持ちあげて入ってきた。

「い、いえ……」

ネーシャは慌《あわ》てて身体を起こした。

「子どもたちの相手をしてもらって、悪いねえ」

「いいんです」

「ほら、これ」

タイーブはさきほど子どもたちにあげた飾りなどを返してきた。

「……これはあの子たちに」

「こういうもんはね、一番似合う人がつけるもんだよ。あたしらみたいな人間には似合わないよ」

「はあ」

「さあ、お腹すいただろ。これをお上がり」

タイーブの手には食事があった。

縁の欠けた器に盛られた麦粥《ヤリーシュ》に、挽《ひ》き肉《にく》を炒《いた》め酸味をつけたものが添えられている。

食欲をそそるスパイスの香りにみるみる口のなかに唾液《だえき》が溜《た》まる。

考えてみれば、今日は出発前に食事をしたきりだった。

しかし手をつけるのは躊躇《ためら》われてしまう。

盗賊のほどこしを受けるなんてことはカイカリュースの女の矜持《きょうじ》が許さない。

「すみません。今、お腹はすいてないんです……」

言い終わるか終わらないかのうちに、きゅう、と腹が鳴る。

「～～～～っ!!」

かあっと頰《ほお》のあたりがむずがゆくなるのと、タイーブが大笑いするのは同時だった。

「まあいいさ。ここにおいとくから食べる気になったらお上がり」

タイーブがいなくなった後、ネーシャは再びベッドに横たわり、湯気をたたえる食事に背を向けた。


なにかの気配を感じて目をあけ寝返りを打てば、すぐ間近にアティルの精悍《せいかん》な顔、そして琥珀色の瞳があった。

「……な、なんの用っ」

寝込みを襲われる形になって混乱する心を知られまいとネーシャはゆっくりと身体を起こし、壁に背をつけ、睨んだ。

カフタン姿のアティルは少し唇を綻ばせる。白い歯がのぞく。

「タイーブのメシはうまかっただろう？」

空になった皿を見て言う。

「……ええ」

「ずいぶんと素直になったんだな。さっきまでのおまえなら盗賊からの施しなどと拒否しそうなものだが」

「……食べ物を粗末にはできないわ。この大陸では、飢えている者が数多くいるんだから」

それは父王から学んだ教えの一つだ。

カナートがあるとはいえ耕作に適した土地は大陸では限りがあり、大半の国民が常に腹をすかせている。そのなかにあって王族たちが食事に困ることがないのはなぜか。なぜそのような特権を許されているのか。

それはいざとなれば国民を守るために立つべき存在だからだ。国民を守るために真っ先に死ぬ覚悟が求められるからだ。

麦の一粒も無駄にはできない。こうして自分たちへ献上された食事はそういう責務を王族たちが背負えばこそ、はじめてもたらされるものなのだから。

「なるほど。ただのちゃらんぽらんな姫君ではなさそうだな」

アティルは小馬鹿にしたように笑った。

頭の上のランプの火がジジッとくすぶる。

（この男がここに来た目的なんて一つしかない）

自分は盗賊の戦利品だ。

そして外にいるはずの見張りの気配はない。

「……私を犯しに来たのね」

屈するわけにはいかない。

たとえこの身を凌辱《りょうじょく》されたとしても心まで飲み込まれてはいけない。

「犯されたいのか」

すーっと、アティルの目が細くなる。恐怖で背筋に冷たいものが流れたが、それでもネーシャは気丈を装いつづけた。

「あなたごとき賊に征服できるほど、カイカリュースの女は安くはないわっ」

「ならば試してみるか」

アティルは帯に挟んでいたネーシャの守り刀に手をかけかけたが、あらためて自分の武骨な短刀を手にする。

鞘から抜き、刃を見せた。よく研《と》がれた刃がランプの光を反射し、野性味のある冴《さ》えた光を放つ。

「動くなよ。せっかくの肌に傷がつく」

「つ……」

刃がゆっくりと近づいてくるや、カフタンの襟ぐりにひっかけられ、ゆっくりと下ろされる。

音もなく生地が裁たれる。

ネーシャは息を詰めるが、身体が震えるのを抑えきれない。

そして腹のあたりまで裁たれ、はだけさせられてしまう。

盗賊の目の前で、豊かなふくらみと、なだらかな腹部が露わになった。

「やはり王族だな。並の女とは肌のきめからして違うな。それに髪も……」

広げた扇のように広がった髪を撫でながら、アティルの目が胸のいただきにとまった。

「綺麗な色だな。誰にも触られたことのない姫君の肌を、タジマムーン王よりも先に見られるとは恐悦至極、かな？」

アティルは鞘に収めた短刀を帯に差し入れると、カフタンの向こうから現れた起伏に富んだ肌を眺める。

ランプによって白々と照らし出された柔肌に、アティルの影が差せば、悪魔のような翳《かげ》りを作り出す。

右手を乳房へ伸ばしてきた。

「……っ」

輪郭線を歪めるように胸を揉《も》まれる。

アティルの手は武骨で硬い。それが、男を知らぬ柔肌を犯す。

「見ろ。カイカリュースの姫。俺の手のなかで、おまえの胸が形を変えているぞ」

恥辱と恐怖が去来する。

そうであるはずなのに、触れられた部分がほんの少し熱を持つ。

さわさわとまるで壊れ物にでも触れるような仕草も、ネーシャを戸惑わせる一因でもあった。

もっと無慈悲に嬲《なぶ》られるものだと思っていたのに。

「……ずいぶんと丁寧に触れるのね。まさか、あなた、女を知らないの……ぁあっ」

不意にいただきを弾《はじ》かれ、不覚にも声を上擦らせ、首筋をほんのりと染めてしまう。

悔しさと自己嫌悪に唇を噛んだ。

「女はそう簡単に乱暴には扱わぬものだ。一度で終わらせるのはたやすい、普通の女ならばそうもしよう。しかしおまえは姫君だ。何度も……そう、何度も味わおうということだ。見ろ。身体は俺の手に反応しているぞ」

言われて、はっとしてしまう。

いただきはいつの間にか、硬くそそりはじめていた。

「んッ！」

胸の輪郭をまるで生地でも捏《こ》ねるように掌で包まれながら、突起をそっと抓《つま》まれると身体に痺《しび》れが走る。

まるで掌全体で、ネーシャのまろみはおろか、鼓動すら支配するかのようにその手の動きは執拗《しつよう》だった。

「こちらも寂しそうだ」

左の胸にも手がかかり、少し強い刺激を与えられると身体がぴくんっと反応してしまう。

「ああ……！」

声をしぼりあげられる。

(嘘よ。嘘。盗賊ごときに触れられて、私……)

身体が熱い。身体の奥からまるでなにかがこぼれ出てしまいそうな切ない気持ちに苛《さいな》まれる。

ネーシャは戸惑いと驚きを覚えながら、決して賊を喜ばせまいと、身体の奥より生まれる懊悩《おうのう》の波紋をこらえようと躍起になる。

しかしむきになればなるほど、男の手によってもたらされる変化を意識させられるようだった。

「遠慮するな、姫君よ。声を我慢しては身体に毒だぞ」

身悶《みもだ》えるネーシャを見おろす盗賊の頭領は優越感に染まった笑みと共に言った。

「だ、誰が……こ、声など……我慢しては、ないわ……私は、賊などに……」

「そうか」

言うや、右の乳頭へそっと唇を寄せてきたと思えば、舐《な》められてしまう。

「ん……っ！」

ざらりとした感触に、背筋に甘美のさざ波が走る。

切れ長で涼やかな眼差しを向けられた。

その琥珀色の瞳を正視できない。記憶のなかの淡い記憶を淫《みだ》らに書き換えられてしまうような恐怖感に顔を背ける。

「ん……ぁあ……ああっ……」

その間もアティルの舌は止まらないどころか、唾液を塗りつけられたそこを口に含まれる。

温かな感触を敏感な突起で感じれば、湿った吐息と共に、声を我慢しきれずにあげてしまう。

「どうやら姫君はここを食べられるのがお好みの様子」

ネーシャを刺激するための慇懃《いんぎん》さが神経を逆撫でする。

しかし身体が動かない。

縛《いまし》めなどされていないにもかかわらず、四肢に力を入れることができなかった。

「無礼なことは、やめなさい……」

ネーシャにできることは眉間に皺を刻み、かすかに震える息遣いと共に、形ばかりになった反駁《はんばく》の声をあげるだけ。

「ああ……」

歯を立てられながら、いただきを刺激され、少し強い力で吸い立てられた。

これまで意識してこなかった場所から生み出される鮮烈な刺激に身体が震え、吐息が弾んだ。

「姫君。わかるぞ。お前の鼓動が俺の口で刺激されるのを喜んでいるのが……。ドキドキと胸を高鳴らせるとはな。姫と盗賊……案外、悪くないのかもな」

「く、口を閉じなさい……んっ……はぁっ……ぁあ……無礼者ぉっ……！」

左の胸を刺激していた手がおもむろにわき腹へ伸びる。

「あ……っ」

ただ、さすられただけだ。なのに、びくんっと身体は敏感に反応し、我知らず甘い声が漏れた。

聞かれた。

性悪な眼差しが笑みを形づくる。

身体が、信じられないほどとろけていた。

「ほら、見ろよ。女らしく可愛《かわい》らしくなっただろ？」

そう言って、唾液でぬらぬらといやらしく仕立てあげられた乳頭を見せつける。

ネーシャは唇をきつく噛み締めた。

「だんまりか。それならそれでもいい。すぐに嗄《か》れるほど声をあげることになる」

額に汗したアティルの手が腰帯にかかるや、しゅるりとほどかれる。

「見事な帯だ。おまえのような淫らな女には上等すぎる」

やがてシャルヴァルに手がかけられ、下着ごと太ももが半ば見えるところまでずらされてしまえば、秘められた場所がついにさらされてしまう。

「……淫乱《いんらん》な姫君だ。どれほど上品さを気取っていたところで、おまえの身体は浅ましいほどに男を欲しがっているんだ」

「あっ……」

秘園へぴたりと指が押し当てられると、声が漏れてしまう。

自分でもさっきから気づいていた。そこがはしたなくなっていることに。

指先がさわさわと動き、蜜裂を撫でてくる。

「ん……ぁあ……ああ……ん……っ」

鼻にかかった物欲しげな声が漏れるのを止められない。

唇を噛み締めようと思っても、それだけの力すら入らなかった。

痺れと熱、切なさが、ネーシャの身体のなかで交錯する。

「ここもこんなに尖《とが》らせているしな」

「はあああんっ！」

秘芽を刺激された瞬間、胸ですら感じなかった鮮烈な刺激が衝《つ》きあげてきた。同時に下半身がドロドロになってとろけてしまいそうな虚脱感に身体が小刻みに震え——目の前がそれだけで真っ白い光に包まれた。

身体が内より上がった火の手に焦がされ、呼気も上擦る。

「……な、なにを、し、したのっ……」

懸命に痺れる舌を動かし、なんとか声を絞り出した。

「姫君。今のが女の喜びというものだ。ここも、嬉し泣きをしている」

「女の、よ、喜び……？　そ、そんなはずないわ。そんなこと、あなたごとき、賊に……んんっ……」

熱く潤んだ場所にはまだ今の陶酔の余韻が残ってしまっている。

否定しても秘処を指先で撫でられるだけで、その情炎が再び巻き起こり、ネーシャのなにもかもが攫われてしまいそうな錯覚に陥り、眩暈《めまい》すら覚えた。

「姫君よ、そろそろ俺も愉《たの》しませてもらおうか」

目が吸い寄せられる。衣服を盛りあげるその存在に。

「い、や……」

声が掠《かす》れる。

「嫌だと？　そこまで嬉しそうに反応しておいて今さらじゃないか。安心しろ、少しは優しくしてやる。言ったろ。おまえのような上等な女を一度きりで壊すつもりはないと」

まるで飢えた狼《おおかみ》のように舌舐めずりしたアティルが覆い被さってくる。

(た、助けて……っ)

あの少年の姿が脳裏を過《よ》ぎる。名前も知らない、みずからの身を顧みず、ネーシャを助けてくれた人。

感情が堰《せき》を切る。涙が頬を熱くする。

と、それまでさらされていた強い圧力がふっと消える――。

「くそっ……」

あまりにも唐突にアティルは吐き捨てるように言った。

「え……？」

「やめだ」

アティルは突然、身体を起こす。

「な、なに、怖《お》じ気《け》づいたの」

ネーシャは胸を隠しながら、アティルを睨みつけた。

「男が、女なら誰でもいいとでも思ったか？　俺にも選ぶ権利がある」

「……私がそれに値しないと、いうの」

強姦《ごうかん》されそうになったという危機から救われたというのにネーシャの声は尖った。

しかしアティルは答えず、踵《きびす》を返して部屋を出る。

「ま、待ちなさい！」

それでも男が戻ってくることはなかった。

「…………っ」

拳《こぶし》を握る。

ここに及んで受けた屈辱と、そして最後まで犯されることのなかった安堵感とが、奇妙に胸に去来する。

身体を抱き締めたネーシャは静かに嗚咽をあげた。


アティルは洞窟の外に飛び出した。

濃い墨を流したような空に無数の星が輝き、手を伸ばせば届きそうなほどに大きな満月がぞくりとするような青白いきらめきを地上へ投げかけていた。

しかしアティルの心はそんな静謐《せいひつ》な世界とは正反対に、激情で逆巻いていた。

「俺はなにをしているんだっ！」

声を荒らげ、砂を蹴りあげる。

あんなことをするためにネーシャを助けたわけではない。

売り言葉に買い言葉だった。

様子を見るだけだった。タイーブに言われ、食事をし終わったかどうかを確かめるだけのつもりだった。

それなのに気づけば、ネーシャの挑発に乗っていた。

(違う。あいつに、責任を負わせるなっ!)

奥歯を強く噛み締める。

(俺が、あいつを、犯したかったんだ!)

「畜生っ!」

なにかに操られるように下卑た言葉が出た。

盗賊だ、盗賊なのだと振る舞おうと、彼女の心などどうでもいいのだと、今はただ自分は賊なのだという自己催眠に全身が昂ぶった。

しかし、あの目を見た。

けだものを前に恐怖に身をすくめ、緑色の瞳が大きく揺れていた。

その瞬間、なにもかもが消え去り、我を取り戻した。

(あんな目をさせてしまうなんて……)

でも、そのおかげで踏みとどまることができた。

取り返しのつかないことだけは避けられた。

たとえどれほど想《おも》いが募ったとしても、彼女を犯してはいけない。
犯せば、なにもかも踏みにじることになる。
ネーシャの気持ちだけではない。アティルの胸のなかにある淡い想いすらだ。
いっそのこと打ち明けてしまうか――。
そこまで考えて、冷えた笑いがこぼれた。
いや、打ち明けてどうなる。
彼女が、アティルのことを覚えている保証がどこにあるだろう。
それに、呪《のろ》いを背負って生まれた自分に、なにかを求める自由があるはずもないのだ。
しかしそれでも、彼女がサリフに嫁ぐという情報を耳にして我慢できなかった。
一目見たかった。
たとえ輿ごしだとしても。そんなわずかな願いが、こんなことになるなんて。
（くそ！　くそ！　くそっ！）
アティルは無慈悲な天を詰《なじ》るように慟哭《どうこく》した。

# 第二章

ネーシャは寝台で膝をかかえてぼんやりしていた。

あの夜から数日が経ち、その間、アティルが部屋に訪ねてくることはなかった。

それどころか見張りが外され、洞窟内を自由に歩くことができるようになった。

とはいえ、タイーブがくれた松葉杖《まつばづえ》をつかいながら歩くのはかなり大変で、すぐにばててしまうのだが。

驚いたことにこの洞窟には住居だけでなく、井戸に、厩《うまや》、学校まであった。

学校といっても誰も住んでいない空き家に子どもたちを集め、アティルといつも行動を共にしているシャルが、暇を見つけては子どもたちに文字や簡単な計算を教えているだけなのだが。

タイーブに聞いても、この洞窟のなかにこれほどの設備がなぜあるのかわからないらしい。

彼女がこの洞窟へ連れてこられたときにはもう何人もの女や子どもがいて、盗賊のねぐららしからぬ和気藹々《わきあいあい》とした雰囲気に面食らったという。

盗賊連中はネーシャを見ても、なにか言いたげな表情こそするものの咎《とが》めてくることはなかった。だが、解せないのはアティルだ。犯す寸前でやめてからというもの、住居や道すがらにすれ違っても、まるでネーシャが見えていないかのように無視するのだ。

(一体、なんなの……っ)

魅力のない女に興味がないのはわかるが、今の扱いが嵐《あらし》の前の静けさのように思え、不安ばかりがかきたてられてしまう。

と、室内にタイーブが入ってくる。

「悪かったね、ちょっと遅れちゃったよ。……って、あらあら、ひどいちらかりようだねえ」

部屋を見渡し、苦笑する。

そこかしこに人形やら、珍しい形をした石ころ、馬を模した木製玩具などが転がり、足の踏み場がなかった。

「……子どもたちが寂しいだろうって持ってきてくれるんです」

「そりゃあ賑《にぎ》やかにはなったっていうか、まったく……。ここはおもちゃ箱じゃないってのに。すっかり子どもらの遊び場になっちまって、悪いね」

「いいんです。ここではやることもありませんし……子どもたちのお陰で気が紛れます」

「ま、女たちも子どもの面倒を見てくれる人ができて、仕事がはかどるって好評だからねえ」

「お役に立てて光栄です」

笑おうとするが、ぎこちない表情しかできなかった。

「さあ、足を出して」

「……はい」

触診をされても数日前のような痛みはなかった。足首を回すようにいじくられてもずいぶんと痛みは軽い。

それでも念のためにと膏薬と包帯を巻いてくれる。

「もうじき治るね。けど、痛みがなくなったからっていきなり無茶をしないことだよ。まだ炎症が完全に治まってないはずだからね」

「……タイーブさん」

「なんだい？」

「あなたみたいな人がどうして、彼らと……一緒にいるんですか」

「彼ら？　ああ、頭領たちかい？」

洞窟内を見て回っていると、出入り口へと続く通路には見張りがいないどころか、盗賊たちは暇があれば子どもたちと鬼ごっこやかくれんぼ、石をつかったおはじきのようなことをしたりと拍子抜け——の一言だ。

ネーシャはともかく、他の女子どもは逃げ出そうと思えばできるはずなのに、誰もそんな素振りなどまったく見せない。

「まあ、あんたの疑問はもっともだね。盗賊とあたしらが一緒にいるってのは不思議だろうさ。外じゃとても考えられない……。たしかに連中と結婚したやつもいるけどね、私は別に誰とも結婚しちゃあいないよ。ま、頭領と懇《ねんご》ろになりたいって思ったことはあるけどさ」

本気なのか冗談なのか、タイーブはそう言って笑う。

そのあまりにもあっけらかんとした姿に、ネーシャはどうしようもない苛立ちを覚えた。目の前の女性はなにも知らないのか、それとも知っててそんなことを言うのか。

「あなたは彼らの本性を知らないからそんな暢気《のんき》なことを言えるんです。連中はモヒルの街で女子どもを殺し……痛っ！」

包帯を巻く力が強くなり、声が震える。

「あんたはその場にいたのかい。モヒルの街で女子どもが殺されたときに」

「見ては、いません……。でも、私の知り合いは、その情報が正確かどうかを知る立場にあったんです」

タイーブから強い眼差しで射抜かれ、怯《ひる》みそうになる心を必死に叱咤《しった》して見返す。

「……モヒルのことは話には聞いてるよ。あたしらだってずっとここにいるわけじゃないんだ。近くの街に出ることだってある」

「それでいてなお、ここにいるんですか……」

ネーシャにはとても信じられなかった。

「黒い覆面の盗賊……そんなもの誰にだってできるだろう。頭領たちがやったたっていう証拠はないんだ。それに、頭領たちはそんな残虐な人たちじゃない」

「残虐な人じゃないって……盗賊ですよ!?」

「……あんたはさっき、どうしてあたしらが一緒にいるかって聞いたよね。簡単さ。あたしらには、ここ以外、行くところなんてないんだよ」

タイーブの声にかすかな寂寥感《せきりょうかん》がまざった。

「ここにいる子どもや女たちはね、親が罪人だったり、捨て子や孤児だったり、主人からひどい虐待を受けた奴隷だったり……いわれのないひどい仕打ちや差別を受けていた連中ばかりなんだよ」

「……え」

「あたしもそうだ。旦那《だんな》と一緒に医者稼業でね。村から村へと貧しい人を看《み》るために旅をして暮らしていたんだ。でも、あるとき訪れた村で魔女呼ばわりされてね。旦那は殺され、あたし自身は慰みものにされて、殺されそうになっていたところを頭領たちに助けられた。たしかに頭領たちは盗賊さ。盗みはするし、商隊を襲いもする……。でも、それは全部、あたしらみたいなのを養うためなんだ。それにね、連中は一度だって血のにおいをつけて帰ってきたことはなかった。どれだけ洗い流そうったってあのにおいはとれるはずがないんだ。モヒルでの下手人が頭領たちなら、わかるんだよ」

ネーシャはなんと言っていいかわからなかった。

ただ自分が、とんでもないことを恩人に話させてしまったということだけはわかった。

「……ご、ごめんなさい」

「――今の話は聞かなかったことにするよ。もう二度と、そんなくだらない話をするんじゃないよ。それから、ここでの唯一の決めごとを教えとく。住人の過去は詮索《せんさく》しない……覚えておきな」

タイーブは言うと、片づけをして部屋を出ていった。


アティルは洞窟内に設けられた厩で、愛馬《ユアン》の世話をしていた。

仲間たちが乗るのはラクダだが、ユアンを市場で見た瞬間、一目ぼれしたのだ。

どこかの王族の持ち物であったらしいが、その主人を振り落とすような気性の荒さから手放されたという。

もの自体の質は折紙つきだが、買い手が現れなければ処分せざるをえないと聞いて引き取った。ユアンのなかには様々な優れた馬の血が流れている。

体格の大きさはもちろんだが、耐候性に優れ、持久力がある。

そしてユアンは牡馬《ぼば》らしく決して怯まない勇敢さを持っている。

街を襲ったときなど警備兵が向かってきても逆に向こうを怯ませるほどの勢いで突っ込ん

でいく。

競走馬のような速度こそないが、砂漠地帯ではこれほど頼りになる相棒は他にはいない。

なにより黒曜石のように美しい毛並みが気に入った。

藁《わら》でしっかりと身体を洗い、桶一杯の飼い葉を補給してやる。

しかし最近は飼い葉を満足に食べさせてやれないことが多くなっていた。

モヒルの虐殺。

巷間でそう呼ばれるようになった事件で、警備の兵を増員していることもあって稼ぎが少なくなっているからだ。

(一体誰なんだ、俺たちを罠《わな》に嵌めようとしているやつらは)

商隊を襲い、ときに大邸宅を襲って金品を強奪しておきながら、身の潔白を主張するのもおかしな話だとは思うが、よりにもよって最も忌むべき殺生という汚名を着せられていることがどうにも我慢ならなかった。

その上、ネーシャの件もある。

タイーブによると間もなく足が治るらしい。それを考えるにつけ、思い出すのは〝殺せ〟という命令である。

(兄上……どうしてあのようなことを……っ)

自分に嫁ぐはずだったネーシャを殺せと、まるでなんでもないかのように発したことが信じられなかった。

(箔がつく……だとっ？　……くそっ)

アティルには無論、実行する気など毛頭ない。

だからこそ彼女をどうするべきか考えあぐねていた。

ここにおいておくべきか。それともカイカリュース王国へ返すべきか。

本来であれば後者を選ぶべきだが、アティルたちに虐殺の汚名を着させたと思《おぼ》しき連中が、ネーシャの花嫁行列を襲ったのが、懸念としてあった。

相手は王族の姫で、タジマムーン王家に嫁ぐ途上だった。普通であればタジマムーンすら敵に回しかねない所業だ。

連中の意図がわからない以上、自分の見えないところに彼女を行かせることは躊躇われた。あの賊たちが再び彼女を狙《ねら》わないとも限らないのだ。

もしそうなったら……。考えるだに恐ろしかった。

そのとき、ユァンがいななき、まるで心配するように顔を擦《こす》りつけてくる。

「……なんだ、おまえ。慰めてくれるのか？　ありがたいが、男に慰められてもな。……でも、ありがとな」

アティルは口元をゆるめ、たくましいユァンの首を抱き締める。

腕いっぱいにユァンの体温を感じると、不思議と心が鎮まってくる。

「そろそろ、行かんとな。いつまでもここにいたら、うちの副官殿がうるさい」

ぽんぽんとユァンの首を叩いて厩から出ると。

「——頭領」

噂《うわさ》をすればなんとやら。厩の外に直立不動の姿勢でシャルが立っていた。

「なんだ、お前」

「頭領を待っていたんです」

「だったら声をかけろ」

「大切な時間を邪魔するわけにはいきませんから」

「よくできた腹心を持って俺は果報者だなー」

笑うアティルとは打って変わって、シャルはくすりともしない。

「教えていただきたいことがあるのですが」

「次の仕事のことならまだ日取りは決まってない。今、警備が手薄な街を探っている最中だからな」

「——カイカリュースの姫君のことです」

ネーシャがカイカリュースの姫であることを知っているのは、アティルとシャルだけだ。

他の者はネーシャが何者かを知りたがらない。ここには色々な出自の者がいる。

ここでの決まりは簡単だ。何者であるか、そして過去を詮索しないこと。それだけだ。

「なにか問題があるのか。子どもたちも喜んでいるじゃないか」

「そういうことを言っているのではありません。……その、あの方が仰せられたことを実行するかどうか……」

「……俺に任せろと言ったはずだ。それに、あれは俺たちを騙る連中に襲われたんだ。放ってはおけん」

「聞き方が悪かったようですね。頭領、あなたは、彼女のことを昔からご存じなのですか？　皆に黙って洞窟を飛び出し、花嫁行列を見に行くほどに」

その指摘と、まっすぐに自分を見つめる腹心の眼差しに抗しきれず、アティルは思わず顔を背けてしまう。

「ただの物見遊山だ」

「物見遊山！　あなたはいつからそんな野次馬のようになられたのですか！」

シャルはまったくアティルの言葉を信じてはいなかった。

シャルはため息をつく。

「幼い頃、いつになく楽しそうに話していたことを思い出しました。あなたは一人の女の子を助けたと仰せでした。その姿を外部の者に見られた罰で鞭を打たれて身体のあちこちを腫《は》らしながらも、です。頭領……いえ、殿下は、彼女のことを」

「シャル、言うな。――俺は自分のことを告げてもいなければ、そのつもりもない。第一、本当に小さなときの、瞬《まばた》きのようなわずかな時間にすぎなかったことだ。あいつが俺を覚えているはずもない。……あらためて言う。あの女のことは俺に任せろ」

「わかりました」

「すまんな」

「……いえ」

シャルはかぶりを振った。

「それからな。俺は殿下じゃないぞ」

「そうでした。頭領」

二人は笑い合った。


足首を動かす。

痛みはない。立ったまま軽く跳んでみても大丈夫。

(よし、大丈夫ね)

ネーシャは髪を紐《ひも》で手早くくくると外の気配を窺《うかが》い、足音を殺して住居を出た。

身をかがめながら移動を開始する。

洞窟内には篝火が焚かれてこそいたが、しんと静まりかえっている。

夜間の見張りは洞窟の出入り口に二人きりで、ネーシャの脱走を警戒している風もない。

女一人くらいどうにでもなると思っているかどうかはわからなかったが、この機を逃すわけにはいかない。

たとえタイーブたちが盗賊たちに恩義を感じたとしても、ネーシャにすれば自分を強姦しようとした相手であり、誘拐犯だ。いつまでもこんなところにはいられない。

ネーシャたちの花嫁行列を襲われた報はすでに両親のもとに届いているはずだ。両親はネーシャの行方《ゆくえ》を捜しているはず。

足が回復した今こそ、逃げる絶好の機会だ。今は大丈夫でも、いずれどこかへ売り飛ばされる危険もあるのだ。

国へ戻ったら、すぐに父へ盗賊たちを捕まえてもらうよう頼まなければならない。そして女子どもを賊たちから解放してもらうのだ。きっと盗賊たちに騙されているのだ。仮にそうでなくとも盗賊などと行動を共にしていれば、いずれ、ここにいる全員が殺される恐れだってある。

ネーシャは篝火によって余計、深さを増した暗闇《くらやみ》のなかを泳ぐようにして進み、厩へと近づいていく。

本当はアティルの馬にしたかったが、あれだけ大きな馬を乗りこなせる自信はない。

厩の閂《かんぬき》をそっと外し、ラクダを一頭引き出す。そのあたりに無防備におかれた鞍《くら》を乗せ、そこに水を入れた革袋をひっかけ、鐙《あぶみ》に足をかけ、ぐっと身体を持ちあげる。

「っ……！」

声を漏らしかけ、慌てて口を塞ぐ。

ビリッと右足首で痺れるような痛みが走ったが、構わずにそのまま跨がった。

「さあ、頼むわよ」

ネーシャはラクダの首を撫で、手綱を動かす。

「誰だ……？」

出入り口にいた盗賊の一人が松明《たいまつ》をかざそうとしてくる。

「はっ！」

ネーシャは一際声を張りあげ、横腹を蹴る。

疾駆したラクダが洞窟を飛び出す。

止めようとした警備兵たちは慌ててゴロゴロと左右に転がって、突進を避ける。

(やった！)

洞窟のなかでは感じなかった涼やかな空気を全身で感じた。

空を見れば、そこには今にも落ちてきそうなくらい満天の星々が瞬《また》く。

解放感で胸が満たされ、ネーシャの表情は自然と笑顔になる。

「はいっ！　はいっ！」

洞窟から少しでも遠ざからなければならない。

ネーシャは風紋鮮やかな土漠を蹴散らして進んだ。


外の騒がしさに、アティルは身体を起こした。

枕元《まくらもと》においてある半月刀《シャムシール》を手に取る。

「何事だっ」

生真面目な顔をいつもより硬くさせたシャルが入ってくる。

「頭領。姫君がラクダで脱走したようです」

「なんだと!?」

目を剝いたアティルは彼女にあてがった部屋へ向かったが、そこはもぬけの殻だった。

寝台に触れるとまだ温《ぬく》もりは残っていた。

それほど時間は経っていない。

外に出ると、部下たちが集まっていた。

騒ぎを聞きつけ、女たちまで戸外に出てきている。

「一体なにがあったんだい」

タイーブがやってくる。彼女は女性たちのまとめ役だ。

「……ネーシャが逃げ出した」

「そうかい」

タイーブの顔に驚きはなかった。まるでそうなることに薄々勘づいていたかのようだった。

「ネーシャの足の具合は？」

「まあ、最初よりましだろうけどね、それでも無理をすればすぐに痛みはぶりかえしちまうさ。なんだい、気にしてたのかい？　急に、あの子に興味をなくしちまって、どうでもいいのかと思ってたよ」

「そ、それは……」

もごもごと口のうちで声をくぐもらせる。

「とにかく彼女と俺たちの間にはどうやら誤解があるようだ」

「わかったよ。それじゃあ、みんなには適当に言っておくよ」

「頼む」

「あんたみたいな人がそんな簡単に頭を下げるもんじゃないよ」

苦笑しつつ、部下たちを見やる。

「二人一組になって周辺を探索。情報はシャルに集約しろ」

部下たちはうなずき、自分のラクダに跨がり、出立していく。

「頭領はどうされるんですか」

「俺は一人で動く」

厩へ向かい、ユァンの轡《くつわ》をとって引き出す。

「頭領っ！」

「シャル、すまん。俺のわがままを許してくれ」

しばし、お互いに黙ったまま視線を交わす。

シャルは「お気をつけて」と最後には折れてくれた。

「すまん」

(ネーシャ、どうか無茶をしないでくれ……！)

もし彼女になにかあったら。胸の奥が締めつけられる。

ユァンにくれる鞭にいつもより力がこもった。


(……最悪だわ)

ネーシャは途方に暮れていた。

朝日がのぼってどれだけの時間が経っただろうか。

ネーシャは赤い巨岩でできた日陰のなかで身を横たえていた。

痛みが和らいだことで完全に油断していたが、足首はすっかり熱を持ちはじめていた。

ラクダの背に揺られる振動で促される鈍い痛みに耐えられず、休憩がてら下りざるをえなかった。

そして、少しだけのつもりで休んだが、すっかり寝入ってしまったのだ。

目をあけたそこに、ネーシャをここまで運んできてくれたラクダの姿は影も形もなかった。

見渡す限り代わり映えのしない砂の海のどこにも、ネーシャ以外の人影はない。

あの洞窟から一刻も早く離れたいと焦るあまり、方角もまともに考えずに来てしまった。

つまり、今、自分がどこにいるかもわからない。

さらに悪いことは重なる。

ラクダがいなくなってしまったために、鞍にくくりつけていた水もない。

日陰といっても昼間の気温は日向より数度程度しか違わず、じっとしているだけで汗をかいてしまう。

(どっちみち歩かなければ、ここで死ぬだけだわ)

空を見あげる。

小憎らしいほどの快晴で、太陽が残酷なほどの日差しを注いでいる。

多少足を引きずる恰好《かっこう》にはなるが、それでも我慢できる程度の痛みだ。

ネーシャは直感を頼りに歩き出した。


赤い巨岩の日陰のところまで来たアティルはユァンから飛びおりる。

日陰のそこには少しいびつな足跡が残っていた。

(足を引きずっているのか?)

ネーシャではないかもしれない。しかしネーシャかもしれない。

(信じて進むしかない)

ユァンの後ろには、ネーシャが脱走するときに乗ったラクダが繋がれている。

夜明けを迎え、捜索範囲を広げようとした矢先に、乗り手を失い、さまようラクダを発見した。そしてそのラクダがやってきたほうへ向かったのだ。

鞍には水袋がかけられていた。

ネーシャは水という命の糧のない状況で砂漠をさまよっているということになる。

少なくともこの近辺にオアシスはない。

ラクダならばともかく、徒歩で一番近いオアシスまで行こうとすると半日以上かかる。

(あいつに方角がわかるとも思えない)

太陽はまだ中天には達していない。

(生きていてくれっ)

アティルはユァンに跨がり、叱咤の声をあげた。


「…………っ!!」

砂に足をとられ、突っ伏すように倒れ込んだ。

焼けつくような砂に肌が焦げ、呻《うめ》きを漏らして起きあがる。

膝が震える。

噴き出し、流れる汗が目に染みた。濡《ぬ》れた肌に服が張りついて気持ち悪かった。すべて脱ぎ捨てて楽になりたかった。

汗の量はさっきにくらべて少なくなり、口のなかはぱさぱさだ。

「はぁ……ぁあ……はあっ……」

自分の荒い息遣いをどこか客観的に感じてしまう。

容赦なく照りつける暴力的な日差しに頭が茹《ゆ》であがりそうだ。

当初の目的はどこかへ行き、ただ日陰を求めていた。

「きゃっ……!?」

不意に踏み出した足が空を切ったかと思った次の瞬間、ネーシャは坂道を転げ、身体を投げ出される。

半ば顔を砂に埋《う》めれば、立ちあがる気力も体力も残されてはいなかった。

頭のなかに、あの少年の姿が浮かびあがる。

その顔が、気づくと、アティルの顔になっていた。

しかしその幻すら長くは保《も》たず、頭のなかが真っ暗に塗りつぶされてしまう。

足跡は延々と続き、砂丘を一つ、二つと越えていた。

ようやく二つめの砂丘を上りつめると、その麓《ふもと》で倒れているネーシャを見つけた。

ユァンから飛びおり、斜面をすべりおりる。

「ネーシャッ!!」

抱きあげ、揺すりあげるが反応しない。

手首に触れる。脈はあるがひどく弱々しく、太陽にさらされつづけた肌は熱を持っている。

「死ぬな、死ぬなよっ」

アティルは腰帯にかけていた水袋をネーシャの口元へ持っていく。しかし意識がないせいで、水はただ唇の表面を濡らすだけでこぼれてしまう。

迷ってなどいられない。

アティルは水を口に含むと、ネーシャの唇を奪った。

口をこじ開け、水を直接、飲ませる。

ネーシャの細く白い喉が小さく揺れる。

(よしっ!)

アティルはもう一度、水を含み、口移しで飲ませていった。

「ネーシャッ」

優しいものに包まれている。

その心地よさに目をあけると、幼い頃、身を挺《てい》して自分を守ってくれたあの少年がいた。

彼に唇を塞がれていた。

(どうして……?)

そして彼が何度も口を開いて、なにかを叫んでいた。

ゆっくりとその声が聞きとれるようになった。

「——死ぬな、死ぬなよ、ネーシャ! 目を醒ましてくれ……頼む、頼むっ……!!」

痛々しいくらい、切なげな声。

美しく澄んだ琥珀色の瞳のなかに、自分の姿が映り込んでいる。

意識が焦点を結ぶ。

少年の顔が——アティルになる。

(アティル、あなたは……)

顔は大人びてはいるが、びっくりするくらい瞳は変わらなかった。そのなかにある温かな光までも。他人のそら似ではないと、なぜだか確信できた。

「ネーシャ……ッ」

アティルは顔を上げ、水袋に口をつけ、そして再び近づいてこようとするところでネーシャが意識を取り戻していることに気づく。

アティルの喉仏が大きく上下に揺れた。

「ア、ティル……」

自然と彼の名を口にしていた。

彼の目が大きく見開かれた。

「ネーシャ！　よかった……っ」

抱き締めてくれている腕に力がこもる。

痛くて苦しかったが、それを厭《いと》うような気分にはならなかった。

（そっか。私は、助けられたんだ……）

「あ、アティル……」

「喋るな」

抱きあげられた。ネーシャは逆らわず、身を任せると同時に気を失った。

次に意識がはっきり覚醒すると、天井から吊されたランプの明かりに目を射られる。

ネーシャはあの洞窟内にあるアティルの住居の一室の寝台に寝かされていた。

細切れの意識のなかでタイーブの診察を受け、水をとり、ヤリーシュを食べ、そしてなにやら苦いものを飲まされ、休むよう言われたことをなんとか思い出す。

――ありがとう……

タイーブにそう言ったとき、彼女は呆《あき》れたように言った。

——お礼なら頭領に言うんだね。あたしは、あの人に言われたから世話の焼ける家出娘の面倒を見ているだけなんだよ。

ゆっくりと顔を動かす。

すると、壁にもたれかかり、片膝を立てて座っているアティルと目が合う。

「目が醒めたか、姫君」

最後のあたりに皮肉っぽい響きがこめられていたが、まったく気にならなかった。

「……ずっと、そばについていてくれたの……？」

「見張りだ。また戦利品に逃げられたら仲間たちの手前、カッコがつかん」

彼のあの切なげな声を聞いた後だと、妙なおかしみがあった。まるで急に子どもが大人ぶり、片ひじを張っているような。

「なにがおかしい？」

アティルはむっとしたように顔を顰めた。

そんな表情すらどこか無理をしているように見えた。

(本当に残酷な人はあんな目をしない)

たとえ善人を気取ったとしても瞳の奥にある光まで偽ることはできない。

「あなたが私を助けてくれたときのことを思い出していたの。私の名前をすごく必死に呼んでくれて……」

「夢でも見たんじゃないか。俺はたまたま見つけただけだ」

言いながらも、彼の目は泳いでいた。

「……私はあなたに、命を二度、助けられたわ」

カイカリュースの女としての矜恃といくら自分に言い聞かせつづけたところで、感じるのは無力ばかりだ。

反発しながら、こうして守られることを受け容《い》れている。

滑稽《こっけい》もいいところだ。

「しょうがないだろう。戦利品だからな」

「……私じゃあ、あなたは満足できないんじゃなかった？」

「そ、それでも、だっ」

「そう」

ネーシャが身体を起こそうとすると、アティルははっとしたようにして支えてくれる。

と、彼の右腕についた古傷に目が行った。

アティルもその視線に気づいて、傷を手で隠す。

「盗賊稼業にこういうのはつきもんだからな」

（腕の、傷……）

すっかり癒《い》えて生々しさはなかったが、それはたしかに記憶にあるあの少年と同じ場所。

砂漠のときのことがよみがえる。彼の目をじっと見てしまう。

「な、なんだ」

彼はぎょっとした。

「――私ね、小さい頃、あなたと同じ瞳の男の子に助けられたことがあるわ。危ないって止められたんだけど木登りをしてね」

「とんだお転婆だな」

「本当に……。その男の子の注意を無視して、挙げ句、枝が折れて真っ逆さま……。でもその名前も知らない子に助けられたの。その子、腕にケガを負ってしまったの。きっと、深い傷になったと思うの……血が、たくさん出てたから」

「そうか」

アティルは口元を隠すように手をやった。

「その子に似た瞳を持っているあなたに助けられたというのはもしかしたら、運命なのかもしれない」

「――運命なんて」

アティルは吐き捨てるように言う。

たしかに男の人からすれば、そんな言葉はただの世迷い言だろう。それでもネーシャは背筋を伸ばすと、深々と頭を下げた。

「……なんの真似だ？」

「私も、ここで、あなたたちと共に暮らさせていただけませんか。他の女性たちと同じように。あなたからすれば、私は抱く価値すらない、ただの戦利品以上の価値はない女かもしれない。たとえそうでも、労働力としてなら少しは役に立てると思います……」

かすかな間があったが、

「好きにしろ。ただし、ここにいると決めた以上は俺に従え。今度、脱走したらそのときは命がないと思え、いいなっ」

「ありがとう」

アティルは部屋を出る。

心を決めてしまえばこんなにも楽なことだった。

(覚えていてくれた。ネーシャがあのときのことを……!!)

アティルは家を飛び出すや、駆け足で厩へと向かう。

口元に添えていた手を下ろす。

笑み崩れてしまいそうな表情を隠すのが大変だった。

(覚えていてくれたのか……あんな、あんな瞬きするほどのことを……っ)

予想外な時間の主人の登場に、ユァンが訝しそうに、それでも歓迎してくれる素振りで門

の向こうから顔を出す。

(俺だけじゃなかった……あいつも……覚えて……)

胸に熱いものがこみあげる。今、自分はきっととんでもないくらいだらしのない顔をしているに違いない……。

アティルは愛馬の首にひしと抱きついた。

(ああ、くそっ、ダメだっ……)

どうしても顔の締まりがなくなってしまう。

(俺はこんなにも腑抜けだったのか?)

たとえ、自分というものを打ち明けられなくとも、それでもアティルは己の幸運をこのときばかりは噛み締めた。

助けられた数日後、体調の回復したネーシャは、タイーブにつき添われて女性たちの前に進み出た。

「——皆さん、あらためてよろしくお願いします」

緊張しながら頭を下げる。

「そういうことだよ、みんな。これからこの子はあたしらの一員だ。存分にこきつかってやっていいからねっ！」

威勢のいいタイーブの声と共に女性たちが拍手で迎えてくれる。

どうやらみんな、ネーシャが脱走したことを知らないらしく、彼女たちからかけられた声を総合すると、ラクダの世話をさせていたら暴走し、外に飛び出してしまった……ということになっているようで、心配されてかえっていたたまれない気持ちになった。

ネーシャは今、タイーブが用意してくれたシャルヴァルとカフタン姿だ。

もちろんそれまで身につけていたあの婚礼衣装のような絢爛《けんらん》さはないし、生地も麻で織られているせいでごわごわしてはいたが、それでもあれよりはずっと動きやすくて楽だった。

女性たちからも一通り、自己紹介をしてもらう。

ネーシャは指折り数えながら一人一人、覚えていく。これでも記憶力は悪くない。

顔合わせを終えると女性たちはそれぞれにあてがわれた仕事へ散っていく。

ここでは働かざる者食うべからずで、誰にも役割があてられている。

「さあ、これから一通り仕事をやってもらうよ。それでできるものをやってもらうからね」

「はいっ」

仕事の邪魔にならないよう髪をくくる手にも自然と力が入った。

井戸の周りでは汲《く》みあげた水で洗濯をしている。

幅広の器に水を汲み出し、そこにひたした衣服を擦るように洗っている。

「それじゃあ、ためしにやってもらおうかね」

「が、がんばります！」

鼻息荒く早速とりかかる。

「つ、冷たぁっ！」

まるで今にも指先が凍ってしまいそうな水の冷たさに頓狂《とんきょう》な声をあげると、周りの女性たちが噴き出した。

洗い物はそれこそ小山がいくつもある。これが毎日というのだから大変だ。

普通の汚れは布を擦るようにして、汚れがひどい場合は丸い石を擦りつけると教わった。

そんなことすら、ネーシャからしてみれば新鮮な知識だった。

王宮ではあらゆる雑用は召使いたちの仕事だ。

見よう見真似でやってみるが、なかなか汚れが落ちてくれない。

「ネーシャ、ちゃんと力を入れてるのかい」

「そのつもりなんですけど……」

「そんな痩せっぽちの人参みたいな腕だからしょうがないんだろうけど、そんなひ弱じゃあ、日が暮れちまうよ！」

「はい！　力、入れます……っ！」

タイーブに叱咤されて顔が赤くなるほど腕に力をこめた次の瞬間。

ビリッ、と嫌な音をたてて服に穴があいてしまう。

「ああ!?」

穴から向こうをのぞき見、うなだれる。

「……ま、まあそういうこともあるよ。そうやって失敗しながらも覚えていくもんだからねえ。それじゃあ洗濯物を干そうか」

タイーブに促され、細長い木に洗った衣服を通す。

衣服を通し終わったら、二人で木の両端を持ち合って外まで運んで、乾かす。

「まあこれなら馴《な》れとかじゃないからね」

「はい、私にもできそうです」

前のほうをタイーブが、後ろをネーシャがかつぐ。

(うん、順調順調。ちゃんと前を見てるのよ、前を、前を……)

そして足下にある石に盛大にけつまずいた――。

「ひゃあああああ……!?」

思いっきり洗濯物をぶちまけてしまう。

「……あんた」

タイーブが目を覆って嘆息する。何事かと見張りをしていた男たちがのぞき込んでくる。タイーブは洗濯場を取り仕切る女性に目を向ける。

女性は苦笑しながらかぶりを振った。

「も、申し訳ありません！　あの、責任を持って、洗い直しますっ！」

「あんたがやると日が暮れちまうよ。洗濯はあんたに向いてない、来なっ」

タイーブに襟を引っぱられ、頭を何度も下げながら洗い場を後にすることになってしまう。

「……本当に申し訳ありません……っ」

「ま、これくらいで落ち込むことはないさ。これだけの大所帯だ。やることはたくさんあるんだからね。ここはお針子だよ」

一つの空き家に女性が集まって、ちくちくと縫い仕事をしていた。

穴のあいた衣服に布をあてたり、使わなくなった衣服をほどいて布に戻したり。

初心者でもやれる布をあてる仕事を任された。

しかしまず針に糸を通すのに手間取る。これは先輩の女性に手伝ってもらい、あらためて縫い仕事に挑戦する。洗濯場での失態を挽回したいネーシャとしては一針一針にもつい力が入る。

そのおかげでなんとかやりきれた。

「できましたっ!」

我ながら完璧《かんぺき》の出来。

額に汗して自信の仕事を披露する——が。

「……あんた、それ、どうやって着るんだい?」

「え……?」

「その服、よーく見てみな」

あてた布を縫いつけるということばかりに意識が向かっていたせいで一緒に背中のほうまで縫いつけてしまい、誰も着られない服になってしまった。

「ちょっと無理そうだねえ」

針や糸の数が限られている以上、やはり効率優先になってしまう。

「……す、すみません」

「他にはー……あたしの手伝いだけどぉー……どうしようかねえ」

タイーブは自分の住居へ連れてくると、ちらりとネーシャを見やる。

「やめておこうかね。薬の分量を間違われちゃあ、ことだ」

苦笑まじりに言われてしまう。

「……はい」

反論できないのが情けない。

「ま、ちょっと休憩しようか」

ネーシャはタイーブの家に来ると、きょろきょろしてしまう。

そこには壁一面を覆うようなたくさんの引き出しのある大きな棚があり、薬草ごとにきっちりと分類されている。

ザクロ、エンマー小麦、ヤナギ、カノコソウ……。

「セージ……。あ、これ、知ってます。風邪《かぜ》をひいたときに薬師が処方してくれましたから。解熱の効果があるんですよね？」

「……あ、あんた」

タイーブがきょとんとした顔で振り返る。

変なことを言ってしまったのか。

「違ってましたか？」

おそるおそる尋ねてみるが、タイーブは無視して聞いてくる。

「……これ、なんて書いてある？」

「あ、私、別に医学の知識があるわけじゃあ」

「いいから。読むだけでいいから」

そう言って引き出しに書かれている薬草の名前や、おそらくこれまで処方してきたであろう薬の書きつけなどを見せられていった。

「あんた、文字が読めるのかい」

「はい」

「なんだい！　それを早く言いなよ！」

言われて、びくっとしてしまう。

「え？　は？」

「……どうやらあんた、あたしが思ってるよりもいいところの娘みたいだねえ。世のなかの大半の人は、もちろんここに住んでる大人のほとんどが文字なんて読めやしないよ」

「そ、そうなんですか？」

「これであんたに相応《ふさわ》しい働き場所が見つかった」

連れてこられたのは学校。授業中だった。

古い木製の長いテーブルがおかれ、子どもたちが十人座っている。

彼らの手元には石がごろごろと積みあげられている。

文字を教えているのはシャルだ。

子どもたちが最初に気づいて「ネーシャだ！」「ネーシャ！　ネーシャ！」と騒ぎはじめて、シャルも気づく。

「タイーブさん、どうかされましたか」

「シャルさん、この子をあんたの手伝いとして働かせて欲しいんだ。他のところだと、ちょっと……。この子、文字が読めるみたいなんだよ。シャルさんだって一人で子どもたちの相手は大変だろ？　その点、この子は子どもたちに好かれてる。どうだい？」

「……それは、そう、ですが」

「お願いします！」

ネーシャは必死で頭を下げた。ここで断られてしまったらもう後がない。

「シャルさんの足を引っぱるような真似は決してしません。どうか、よろしくお願いしますっ！」

「いや、顔をお上げください……そんな、いけませんっ……」

シャルはあたふたと慌てる。

「……わかりました。とりあえず、今日はお試しということで」

「ネーシャが先生だ！」「ネーシャせんせーい！」と子どもたちはさらに騒ぎはじめる。

収拾がつかなくなりそうだと思ったのかシャルは「みんな、静かに。勉強の続きですよっ」と声をあげた。

それでも一度、騒ぎ出した子どもというのは簡単には静まらない。

そのとき、

「静かにしなっ！　シャル先生とネーシャ先生を困らせたらあたしが承知しないよ！　あんたたちが病気のときに地獄のように苦い薬を飲ませてやるから覚悟しなっ‼」

タイーブの一喝が響くや、子どもたちはそそくさと自分の席に座る。

（……す、すごい）

今の一喝は、ネーシャすら、びくっとしてしまったほどだ。

「それじゃあ、あたしは行くから。しっかりやるんだよ」

「お任せくださいっ！」

タイーブに囁《ささや》かれ、ネーシャはうなずく。

シャルはネーシャのことを気にしながらも咳払《せきばら》いすると、「それでは続きをしましょう」と、手のなかの石を子どもたちの前で入れ替えてみせる。

石にはそれぞれ文字が彫り込まれており、順番を入れ替えることで、単語にすることができるようだった。

「さて、これはなんて書いてあるかわかりますか？」

「はいはーいっ！」

子どもたちが我先にと手を上げ、シャルが女の子を指差すと、「花!」と元気よく答える。

「そうです。……では、問題です。朝早く植物を見ると、葉っぱなどがしっとりと濡れていることがあるんですが、これはどうしてかわかりますか?」

子どもたちは勢いよく手を上げて、「誰かが水をあげている!」とか、「雨がふったんだ!」と口々に意見を言うが、なかなか正解は出ない。

シャルがちらりと、ネーシャのことを見てきた。

「ネーシャさんはおわかりになりますか?」

「……えっと、川などが近くにあって、昼と夜の気温の高低差で空気中にある水分が葉っぱにつくから……でしょうか」

「そうです。ネーシャさん、正解です」

おーっ、と子どもたちに尊敬の念のこもった目で見られた。

恥ずかしくなって俯いてしまう。

「さあ、皆さん、前を向いて。それでは次の問題にいきますよ——」


「ふう……」

「ネーシャさん、お疲れ様です」

子どもたちを送り出して一息ついているところにシャルから話しかけられる。

「シャル様……。すっごく大変なんですね……。甘く見ていました」

時間にして半刻《一時間》ほどだったが、疲労感はなかなかだ。

子どもたちの未知のものへの好奇心には圧倒されるばかりだった。

少しでも疑問や、自分の知らないことがあれば遠慮なく「どうして」と尋ねてくる。うろおぼえの知識しか持ち合わせていないネーシャとしてははてんてこまいだった。

このときほど、もっとしっかり家庭教師の話を聞いておけばと後悔したことはない。

足を捻挫していたときに子どもたちの相手をなんとなく務めていたときとは気持ち的にもまったく違った。

「様などとやめてください。シャル、と」

「では、シャルさん」

「わかりました。ではネーシャさん、実はあなたには違う仕事を頼みたいのです」

「あの、私……一生懸命勉強して、子どもたちの疑問にもちゃんと答えられるようになります。だから、お願いします。ここで働かせてください！」

ネーシャは立ちあがり、必死に懇願する。

「落ち着いてください。ネーシャさんが向いていないということはないんです。僕も同じようなものですし……。それに頼みたいということはですね、頭領の身の回りの世話なんです」

「……アティルの？」

「はい。僕も他の用事があったりして、必ず頭領のおそばにというわけにもいきませんから。ここは慢性的な人手不足ですし……。あ、もちろん、お手すきのときには是非、学校の手伝いをしてください。子どもたちも楽しそうでしたし」

（アティルのそばで……）

「いかがですか？」

「……私は構いません。でも、アティルは、私を嫌っていますから」

「そんなことありませんよ」

「いえ、そんなこと……あるんです。私は抱く価値もない女だときっぱり言われてしまいましたから……」

「抱く、価値……？」

シャルがぽかんとした。

いらぬことを口にしてしまったと、はっとする。

「い、いえ、今のは、あの……っ！」

なんという恥じらいのないことを口にしてしまったのか。ネーシャは首筋までみるみる赤くしてしまう。意味することに気づいたのか、シャルもばつが悪そうだ。

「でも、その……最後までは、いかなかったんですよ……って、そうじゃなくて！」

（ああもう、なにを言ってるんだろう！）

穴があったら入りたい。

「ご安心を！　頭領はとても恥ずかしがり屋なのです。きっと、そのときは単なる照れ隠しだったのだと思います。そうに違いありません。ですから、是非、頭領のお世話をあなたに頼みたいのです」

「……わかりました。その……シャルさんは、アティルのことをとても大切に思っているんですね」

「頭領ですから」

「いえ、それだけじゃなくて、なんとなく……お二人の関係、とても羨《うらや》ましいもののように思えます」

単純な主従でも、友人関係とも違う。思いやり合っているのが遠目に見ていてもなんとなく感じられる。

そんな彼がネーシャにやって欲しいと言っているのだ。これは子どもたちに勉強を教えることに劣らずとても大切な仕事なのかもしれない。

ネーシャはシャルに頭を下げ、外に出た。

洞窟のなかは広く、ところによっては入り組んでいる。

そのなかをネーシャはアティルの姿を求めて歩き回り、厩でようやく当人を見つけることができた。

愛馬の身体を藁で磨いているその表情はとても穏やかだ。こんな顔、見たことがない。

その優しげな顔に、トクン、と鼓動がはっきりと弾むのを感じる。

「……アティル」

「ん？」

声をかけてきたのがネーシャだと知るや否や、彼はたちまち顔を顰めた。

（なにそれ）

気に入らないのは知っているが、そこまであからさまに表情を変えられると傷つく。

「……なんの用だ」

「あのね」

「――いらん」

おそばで世話を……と最後まで言い終わらないうちに、即座に言われてしまう。

ネーシャへ背中を向け、話は終わりだと言わんばかりで取りつく島がない。

（とても照れ隠しには見えない……でも！　シャルさんと約束したし、なによりアティルは、命の恩人なんだから）

それにアティルは名前も知らないまま別れてしまった初恋の相手だと確信している。

本人に確かめようとは思わない。身分を隠していることにはきっとわけがあるのだから。

「アティル」

「な、なんだ……？」

決意を全身に漲《みなぎ》らせ、拒絶されても臆しないネーシャの態度に、アティルは眉を顰《ひそ》めた。

「あなたの手伝いをするわ」

「シャルのやつに言われたか。あいつの言うことを聞く必要はない。俺が頭領だ。俺が決める」

「たしかにシャルさんから頼まれたわ。でも、私自身もあなたの役に立てるようになりたいの。それに馬の世話なら少しは手伝えるから」

アティルの愛馬はぶるっと鼻を鳴らす。

「お、おい、そいつは気が荒いぞ」

そっと手を伸ばしてみると、馬は頬ずりするように顔を押し当ててきた。

「よしよし」

ゆっくりさすってやると、円《つぶ》らな瞳が気持ちよさそうに細まる。

「名前はなんていうの？」

「…………」

あからさまに無視される。

「――じゃあゲンゴロウって呼ぶから」

「ユァンだ」

「ユァン」

呼びかけると、軽くいななき、ちゃんと反応してくれた。

黒く大きな身体つきをしているが、そのくりくりした目が可愛らしい。

「ユァン。あなた、すごく大切にされているのね……」

毛並みを見ればよくわかる。

「あなたはよい乗り手に恵まれているのね……って、きゃっ……！」

まるで馬はネーシャの言葉に喜んでいるかのように身体をぐいぐいと押しつけてくる。

向こうとしてはただじゃれついているだけなのだろうが、体格差はかなりのものだ。

体勢を崩し、ネーシャは尻もちをつきそうになる。

「おいっ」

アティルに抱き留められていた。

「あ、ありがとう」

「……しっかりしろ」

「そうね、ちょっと油断しちゃった……」

彼は安堵したようにほっと息を漏らす。

ネーシャの目は自然と彼の唇に向かう。

小さくつばを飲み込んだ。

脳裏によみがえるのは、口うつしで水を飲ませてくれたときのこと。

あれが非常時の処置だとはわかっている。

アティルにそんなつもりはない。ただ、水を飲む力すら残っていなかったネーシャを助けるためにしたのだと。

それでも、あれから夢に時々見ていた。

しばし呆然《ぼうぜん》と身動ぎもせず、彼の唇に魅入っていると、

「大丈夫なのか？」

揺さぶられてはっと我に返る。

変なことを考えてしまっていたせいで顔から火が出るのではないかと思ってしまうくらい頬が熱い。

「どうしたんだ。顔が赤いぞ。風邪か？　風邪ならうつされたら迷惑だ。タイーブのもとへ行け。行けぬのならば、仕方がないから、送っていってやるが」

「ううん、平気大丈夫なんでもないからっ」

ネーシャは早口に言うと、彼から距離をとり、ラクダの世話をすることにする。糞《ふん》掃除をし、新しい水と飼い葉桶を用意し、身体を拭《ふ》いてやる。

久しぶりに嗅《か》ぐ厩のにおいは新鮮だった。

ラクダの身体から香る獣くささや、糞のにおい。全部懐かしかった。

王宮では厩の仕事は専属の人間がいたが、ネーシャは口うるさい周りの目を盗んでは、ときどき無理を言って手伝わせてもらっていた。出産も見たことがあった。

それもタジマムーン王家に嫁ぐことが正式に決まり、花嫁修業が開始されると一日の大半を王宮の中で過ごさざるをえなくなり、できなくなってしまった。

「よしっと。アティル、これで仕事は終わ……」

振り返ると、アティルはネーシャをおいて、さっさと歩き出していた。

「待って！」

「仕事は終わりだ。帰れ」

彼はネーシャを引き離さんばかりに大股《おおまた》で歩く。

「そういうわけにはいかないわ。私はあなたのお世話をしなくちゃならないのっ！」

するとアティルは不意に立ち止まる。

わかってくれたのかと思った矢先。

「これから用を足しにいくんだが、そんなところまで見守るつもりか」

「用？　手伝えることがあれば……」

「トイレのことだ」

あ、と間の抜けた声が漏れてしまう。

「……そ、それは、たぶん、業務外……っ！」

ネーシャは赤面して背を向けた。


「――俺のそばにいるというのなら、仕事をやってもらうぞ」

そうして連れてこられたのは、形こそ他の民家と同じように見えるが、窓がない。それに一回りほど大きい。

アティルが重厚感のある鉄製の錠前を外し、木の扉を開けた。

なかは薄暗かったが、アティルが天井から下がっているランプに火をともせば、たくさんの木箱が積み重なっているのが見えた。

子どもたちが駆け回れるほどの広さの一間だ。

「ここは……？」

「商隊から攫った荷をおいてある保管庫だ」

「これ全部？」

「一時期はここにおさまりきらないくらいあった。これでも少ないくらいだ」

たしかに部屋にはまだ空間がある。

「おまえには在庫の管理を手伝ってもらう」

「わかったわ」

「本来であれば俺一人で十分だが、ついて回られるだけじゃ邪魔だからな」

アティルから刺々《とげとげ》しい言葉と共に、品物の一覧表を渡される。

(荷の出入りを確認すればいいのね)

「おまえはそっちを。俺はこっちからだ。上の段の木箱は後で俺がやる」

というわけで早速、木箱をあけて中身を数えていたのだが、

「……ね、ねえ」

「なんだ」

「これ、どういう意味?」

物品の名前の横に、四角形のなかに斜線が入った図形がズラズラと描かれていた。

「そんなことも知らないのか、さすがは姫君だな」

むかっとしたが、怒ってもしょうがない。常識がないのは百も承知だ。

「……どういうこと?」

ネーシャが怒るとでも思ったのか、冷静な返答にアティルはやや肩すかしを覚えたような顔をした。

「数字だと数え間違いがあるかもしれないから、こうして物品一個につき線を引いていく。つまり四角形が一つできると、五という意味だ」

「そうだったのね。ありがとう」

笑いかけると、アティルはそっぽを向いて、

「……こんなもの、常識だ」

とぽつりとこぼした。

(やっぱり日々勉強ね)

自分がこれまでどれほど恵まれていたか、頭ではわかったつもりでいたが、こういうちょっとした作業を通すと身に染みた。

黙々と作業を続ける。

品物は様々だ。食料品に調味料、高級な絹織物……。

(これ、結構、地味に大変かも)

かがみながらの仕事で腰にくる。

「それにしても、こんな地味なことを頭領が直々《じきじき》にやるものなのね」

「他のやつにやらせると物資を分けるときに誰がいくつ多いだのと争いの種になりやすいからな。俺がやることにしている」

「そっか。みんなから信頼されてるんだ」

「ん?」

「だってアティルだって数をごまかして、自分だけたくさんものを手に入れようと思えばで

きるでしょ？　けど、あなたがやればってみんなが納得できるってことは、つまり、そういうことじゃない」

「俺は頭領だ、当然だろ」

「頭領だっていうことと、信頼を抱かれるのとは別問題だと思うわ」

王だって、頭領だって、支える民、認める人々がいてはじめてそう言えるのだ。一人では意味がない。

「……む、無駄口を叩くな」

アティルは少し頰を赤くする。

(もしかして照れてる？)

「なんだ」

じっと見ていると、思いっきりすごまれたが、不思議と怖くない。

「さっさとやれ。日が暮れるぞ」

「はあい」

再び作業を続ける。どうにか自分の分は終えられた。

(アティルは……まだ、か)

この調子なら上の段にもとりかかれるだろうと手を伸ばす。

「おい、上の荷は俺が！」

気づいたアティルが叫んだ。

「え？」

そうして積み重なっている上段の木箱を下ろそうとしたときだ。想像以上の重たさにバランスを崩してしまう。さらに木箱が傾き、

「……！」

落下してこようとする木箱を前に、尻もちをついたまま身動きがとれない。

と、何かが視界に飛び込んでくる。

（あ……）

「無事かっ」

間一髪のところでアティルが跳んで、崩れた木箱を両腕で抱き留めてくれていた。

「う、うん」

「ケガはないか!?」

「だ、大丈夫」

「本当だろうな」

「本当に、平気だから」

ネーシャは立ちあがって動いてみせる。痛みはない。

「後でタイーブを呼ぶ。見てもらえ。いいな。これは命令だ」

だった。

「……わかったわ」

強張っていた頬がゆるんだような気がしたが、すぐに顰めっ面を見せられる。

「俺が上をやると言っただろう。その耳は飾りか。ちゃんと話を聞け」

強い口調だったが、一つ間違えば大ケガを負っていたところだ。彼の言うことはもっともだった。

「ご、ごめんなさい。少しでも役に立ちたいって思って」

「……無理してケガでもされるほうが迷惑だ」

それから作業を終えて、外に出る。

「アティル……」

迷惑をかけちゃってごめんなさい――謝ろうとする機先を制するように、

「やめたいなら引き留めない。どうする？」

そう尋ねられた。

「や、やらせて。もうあんな迷惑はかけないからっ」

ネーシャはすぐに答えた。

「好きにしろ。――それからタイーブのところへ行け、今すぐだ……いや、今すぐ送っていく。後で俺と一緒にいてケガをさせたと思われても癪《しゃく》だ」

早く来い、とアティルに言われ、慌てて後に続いた。

ネーシャがアティルについて回るようになってから一週間あまりが経とうとしていた。

今日、アティルは執務室で、シャルと書類仕事に励んでいた。

数日前に襲った商隊から手に入れた戦利品を一覧表にしてまとめているのだ。

戦利品の一つである金とダイヤモンドをあしらった懐中時計は、日付が変わる頃を指している。

「ふう……。これで終わりですね。ネーシャさんのおかげで書類仕事の負担も少なくなっていいですね、頭領」

シャルは屈託なく言う。

ネーシャは盗賊行為をよく思ってはいないのだろうが、大商人を狙っていることや人を傷つけていないこと、そしてここにいる女子どもたちのことを考えて、これまで意見をしてきたことはなかった。ここの生活に順応しようとしている気持ちに嘘いつわりはないらしい。

「彼女のおかげで子どもたちへ教える勉強の幅も広がったし、今までみたいにちょっとしたことで学級崩壊にならなくなって助かっていますし」

「タダ飯を食わせる余裕はないからな。それくらい役立ってもらわないと困る」

「ずいぶんと素っ気ないですね。本当はもっと、ネーシャさんの日々の働きを聞きたいと思ってるんじゃないですか？」

「そんなわけあるか。俺があいつをどれだけ邪魔に思っているかわからないおまえじゃないだろ」

「邪魔……ですか？」

「そうだ」

「まあ言葉遣いはたしかに乱暴ですが……まあ、そういうことにしておきましょう」

「おまえっ」

「とまあ冗談はここまでにして。洞窟全体が賑やかになったと思いませんか？」

「おまえというやつはっ……」

アティルは歯を食い締める。

「……俺が一生懸命にこらえているというのに人の気も知らないで。それでも俺の腹心かっ!?　どんな気持ちで、あいつを無視して、嫌われるよう仕向けていると思っているんだ」

「頭領が彼女のことは自分に任せろと言いながらいつまでも無視されてるので、私が代わりに役割を与えただけです。……それにしてもネーシャさんは幼いときのあのことを覚えていたんでしょう？　まだご自分のことを話されていないんですか？」

「……当然だ。話してなんになる」

アティルは顔を背けた。

「僕は時々、思うんです。あなたが、すべてを放り出してしまえばいいのに、と……」

「そんなことできるわけないだろうっ」

「そうですか？」

「どういう意味だ」

アティルは眉を顰めた。

「……ネーシャさんを抱こうとしたそうじゃないですか」

はっとしてアティルは目を見開いた。

「おまえ、それ、どこで……！」

「さあ」

「あ、あいつがそう言ったのか！」

「小耳に挟んだだけです」

「あれは……自分でもどうかしていたんだ。その……役に呑まれたというやつだ」

「そのまま呑まれてしまえばよかったのに……殿下」

「……頭領だと言ったろう」

「いいえ、今は殿下と呼ばせていただきます」

シャルは頑《かたく》なだった。

「できないかどうかではなく、やるかやらないかの問題だと僕には思えます。少なくとも殿下がその道を選んだとして、なにを憂うことがあるんですか。殿下とネーシャさんは、お似合いだと思います。おそばについているネーシャさんはすごく楽しそうですし」

まっすぐに見つめてくるシャルの目が活《い》き活《い》きと輝く。

「まさか、おまえがそんなことを考えていたなんてな。まったく見当違いも甚《はなは》だしいぞ、おまえの目は節穴か？」

「僕はちゃんと見ているつもりです。恐れながら殿下のほうこそ無理に目を背けられているのではありませんか？——これまで殿下はご自分の運命を苦しみながらも受け容れようと努力されておりましたので、なにも申せませんでした……。殿下がすでに心を決しているというのに臣がそれを揺らがせるようなことを口にするわけにはまいりませんから……。しかし、忘れないでください。僕は誰よりも殿下の幸せを願っているんです。殿下の望みは、すべて叶《かな》えて差しあげたい……。国など、関係ありません。僕は殿下の臣なのですから」

「……シャル」

馬鹿なことを言うなと一喝するべきなのかもしれない。おまえの言葉は王国への叛逆《はんぎゃく》に等しいんだぞ——しかし、言葉は出なかった。

その代わりに頭にはネーシャの姿が浮かぶ。アティルが邪険に振る舞ってもにこにこと笑みを決して絶やさないあの顔を。商隊を襲った帰りも、あの笑顔を思い出してユァンへあてる鞭の力が強くなってしまうほどだった。

そしてなにより胸に兆すのは幼い頃の一幕。

気づくと腕をさすっていた。

シャルはといえば、言いたいことはすべて出しきったのか、さあどうぞ、なんでもおっしゃってくださいと言わんばかりに泰然自若としている。

(なんて従者だ)

これではどちらが主従かわからない。

自然、二人の間に沈黙が下りる。

そのとき、カタリと小さな音がたった。

「誰だっ」

「あ、あの……」

部屋の出入り口に、ネーシャが立っていた。

洞窟内の女性たちがそうであるように飾り気のない麻で織られた簡素なカフタンとシャルヴァルという出《い》で立《た》ち。

人生の大半を庶人には手の届かぬ絹と宝石とに囲まれて暮らしてきたはずなのに、彼女は粗末な衣服をなんの抵抗もなく着ていた。

その手には器がある。どうやら書類仕事をしているアティルたちに飲み物を差し入れに来てくれたようだ。

「コーヒーです。タイーブさんに持っていくように言われたんだけど……」

彼女が、アティルの世話を始める前は、タイーブがこうして飲み物を持ってきて労《ねぎら》ってくれていた。

「ネーシャさん、ありがとうございます」

「あ、おい……」

書類をとりあげるや、シャルはそれを脇《わき》に挟んで、にこりと微笑《ほほえ》んできた。

「頭領はここ最近、お疲れでしょうから、後はやっておきます。ネーシャさん、頭領のお世話を頼みましたよ」

「え？　あ、はい……」

「とはいえ、これから後はもうお眠りになられるだけですから、それほど手間はないでしょうが」

アティルは片ひじをついて、部屋を出ていく腹心の背中を睨んだ。

（あいつ、どんどん自由になってきてないか？）

それから、急にアティルを押しつけられる恰好になったネーシャと視線がかち合う。

（くそ……）

今までしていた話のせいで、これまで以上にネーシャのことを意識してしまう。

そんなつもりはなかったのに廊下にまで漏れ聞こえた話し声に（布一枚がかかっているだ

けなのだから聞きたくなくても聞こえてしまう）思わず足を止めてしまった。

（立ち聞きなんてはしたないことを……）

しかしどういう話の流れだったのかは忘れた。シャルがアティルのことを殿下と呼んだことで、すべての意識がそっちに行ってしまったのだ。

（殿下……）

脳裏に、幼い日、庭園で出会った名も知らぬ少年の顔がちらつく。それだけで胸が締めつけられるように苦しくなる。

助けられたときに見た幻、彼の琥珀色の双眸《そうぼう》、そして腕の傷——。奇跡のような偶然に鳥肌が立ってしまう。

「このままだと冷める。飲め」

シャルと話していたときとは打って変わって、あいかわらずなぶっきらぼうさ。

器を勧められ、「うん」とアティルと向かい合うようにして座る。

手持ち無沙汰《ぶさた》感が強く、ネーシャは器を両手で包み込むようにして口をつける。

「甘い……」

コーヒーはときおり、商人によって父へ献上されていたのを飲んだことがあった。そのときはそのどす黒い色合いと口いっぱいに広がる苦みでとても飲み物とは思えなかったが、これはそれと打って変わって甘かった。色もほんのりと白っぽい。

一方、アティルのコーヒーは、おそらく余分なものがなにも入れられていないせいか黒い。それをなんの躊躇いもなくごくごくと飲む。

妙に緊張のある空気感のせいか、味わう余裕はなく、あっという間に飲みきってしまった。それはアティルも同じだった。

「……な、なにかすることはある？　マッサージとか」

沈黙が苦しくて思わずそんなことを言ってしまう。

「——どうして俺の世話をそんなにしようとする。今日までずっとおまえは俺がなにを言うとも仕事をこなしつづけた。なにがおまえをそうさせるんだ」

「それは……」

「命を助けられた礼か？　だったら気にするな。前にも言ったとは思うが、助けたのはおまえが戦利品で、それをなくすのが惜しかったからだ」

「……私は女としてあなたを喜ばせることができない。だから、少しでも、あなたのためになることをしたかった、から」

「カイカリュースの姫とは思えない言葉だな。俺は盗賊だぞ」

「そうね……。でも、私が、もちろんあなたが、どんな出自であるかなんて関係ないのよ。あなただって、盗賊というにはあまりに優しいわ。それは、あなたがどんな乱暴な言葉をつかっても伝わる。ここで暮らす人たちの顔がその証だし、あなたと一緒にいるようになって、私もそれを感じてる」

カイカリュースの治める都市で、ここで暮らしている人たちのように輝く笑顔の人がどれだけいるだろう。

「…………っ」

琥珀色の瞳にじっと見つめられる。

彼の喉仏が小さく揺れた。

妙に熱っぽい視線だと感じてしまう。

鼓動が痛いくらいに鳴り、落ち着かない気分にさせられてしまう。

「……私は、あなたのためになることをしたい。だから、あなたのお世話をするって決めたの。なのに、あなたに迷惑ばかりかけて心苦しいの……」

それ以上、その目で見られると、おかしくなってしまいそうだった。

息ができなくなりそうだった。

「……ね、寝るのよね。どうぞ。私は部屋に戻るから」

「――待てっ」

ネーシャが逃げるように踵を返そうとした――そのとき、手首を強く摑まれ、抱き寄せられた。

「っ!?」

痛いほどの力だった。それでも不思議と、胸の締めつけられるような窒息してしまいそうな苦しさは逆に薄れていく。

互いに吐息があたるほどの距離に顔が近づいた。

「……ネーシャ」

「…………っ」

口を開きかけたが、言葉にならなかった。

（おまえが悪い……。おまえがっ……）

心臓が今にも破裂しそうなくらい激しく脈打っていた。

ネーシャの顔が間近にある。いや、それどころか今、こうして腕の中に彼女の華奢《きゃしゃ》な身体がある。彼女の体温を強く感じているのだ。

その細面、二重の双眸を飾る長い睫毛《まつげ》、薄い唇……。

そこにはたしかに、幼い頃、彼が身を挺して守った少女の面影があった。

円らな緑色の瞳に吸い込まれてしまいそうになる。

――頭領のほうこそ、無理に目を背けられているのではありませんか。

さきほどのシャルの言葉がよみがえる。

（顔を背ける？　当然だろう、俺の運命に、どうしてこいつを巻き込める？）

だからこそずっと彼女を遠ざけようとした。邪険にした。

自分は幸せ者だ。たった一度でも、恋というものを知ることのできた自分は。

これまで生きつづけたなか、心が折れそうになったり、自暴自棄になりそうになったとき、必ずあの少女を――ネーシャを思い出しつづけた。

だからいい。それ以上は望んではいけない。

目の前の女性を大切だと思うのであればなおさらに……。

「………」

腕から力が抜けかけたそのとき、彼女の手が腕にかかった。

服ごしでもそれはまるでそこにある傷をまるで知っているかのように。

彼女のまっすぐな眼差しに、ぐっと胸のうちからこみあげるものがあり、身体が震えた。

(言うな、言ったら……戻れなくなる……っ)

しかしひとたび熱を持った心を止める術《すべ》はない。

腕のなかにいる人の体温が消えることは耐えられない。

他の誰かのものになるなど考えたくもない！

「ネーシャ、おまえが好きだ。俺の女になれ」

「………っ」

心臓が早鐘を打つ。

彼の声には今にも泣き出してしまいそうなほど苦しげな響きがこもっていた。

琥珀色の眼差しが揺れている。

それは、口移しで水を飲ませてくれたときに見た表情に似ていた。

彼の綺麗な瞳のなかに自分の姿がある。

「……ありがとう」

心が温かいものにくるまれると同時に、そんな言葉がこぼれる。

すると、アティルははっとした顔をした。

「お、驚かないのか……？　俺は今まで散々、おまえのことを邪険に扱ってきたんだぞ。それに、おまえがここへ来た夜、女として恥までかかせたっ……」

「……驚いている。でも、それよりも、あなたに好きと言われて、ただ嬉しいの。嬉しさのほうが大きいのよ。自分でもこんな気持ち、はじめてなの」

彼の気持ちをすんなりと受け入れられたのは、ここでの生活を通して慕われる彼の姿を見ていたこともあるが、彼の優しさに接したからだ。

(だって、私のことをあんなにも懸命に捜して、助けてくれた人なんだから)

子どもの頃に自分を助けてくれた少年だから——というのはきっかけだ。彼の心に添いたいと思ったのは、今のアティルと接しつづけたからだ。

あんな顔ができる人がどうして盗賊をしているのか、どうしてはじめての夜、あんなに乱暴に振る舞ったのか。そこには深い事情があるに違いない。

でも、それを知ろうとは思わない。

そんなことを知らなくても、彼の人間性は変わらないからだ。

「どうした、なにがおかしい？」

アティルは戸惑ったような声を漏らした。

「……嬉しいとき、人は笑うのよ」

彼の胸にそっと頭をもたせかける。

トクントクンと少し早まっているアティルの鼓動を感じた。

「……それは」

「……受け入れさせて。あなたの気持ちを」

「後悔しても、知らないからな。俺は、サリフじゃない」

「後悔なんて……あなたのほうこそ——ん……」

唇を押しつけられた。

後頭部をそっと支えるようにおかれた手からアティルの小刻みな震えが伝わってきた。

「ネーシャ……ネーシャぁっ……」

掠れた声にまじり、舌が口のなかを割ってくる。

「んっ……んんっ……」

熱く湿った息吹《いぶき》と共に、舌先で口のなかをまさぐられた。

問答無用な舌遣いが苦しかった。それでも、アティルに求めてもらえることが嬉しかった。

はじめてのことに戸惑いながらも、受け容れることだけを意識した。

「あなたがいなかったら私は死んでいた……。あなたのおかげで、私はこうして、今、ここに立っていられる……っ」

濡れた琥珀色の瞳と視線を絡め合う。

あの少年であるかを彼に確認する気はなかった。

そんなことは必要ではない。

彼に求めてもらえることを喜んでいるのは、今の彼に惹《ひ》かれているから。

くちゅくちゅと淫らな音がお互いの舌が擦れ合うたびに起こる。

「アティル、寝室は隣――」

「我慢できない」

アティルにそっと寝かされたのは、執務室の片隅に置かれた寝椅子《ねいす》だ。緑色の生地が張られ、唐草模様が描かれている。

背もたれにネーシャの身体を押しつけるようにすると、舌を吸われた。ひりひりした感触のなかに、かすかな疼《うず》きが走る。

「んっ……んんっ……んふぅっ……」

二枚の舌が重なる。とろけてしまいそうな甘酸っぱい熱情で頭がぼうっとなる。

彼の手がカフタンの裾《すそ》にかかった。

ネーシャが腕を持ちあげると、服がするりと脱がされた。

「綺麗な胸だ」

さわさわと両の胸を揉まれる。

「あ……んっ」

それだけで、ネーシャはぴくっと身体を震わせてしまう。

この洞窟に連れてこられたはじめての夜と行為は同じなのに、胸に染みてくる彼の手の硬さの頼もしさが不思議だった。

もっと触って欲しい。そんな卑猥《ひわい》な想いすらこみあげる。

「やわらかい。こうしているだけで、幸せな気持ちになる」

「——ずいぶん、この前とは違うのね」

アティルは困ったように笑う。

「あ、あのときの俺は、無理をしていたんだ。あんまりにも盗賊盗賊と呼ばれるもんだから」

「でも、盗賊でしょう？」

「おまえには優しい盗賊だ」

「なにそれ」

おかしくなって噴き出してしまうと再び彼は唇を重ねてくる。

ネーシャはびっくりしながらも、口のなかをまさぐってくる熱い舌に自分のものを重ねた。

「んん……！」

そのとき、身体に甘ったるい痺れが駆け抜けた。

「ここはあのときと、同じ、敏感なままだな」

「ん……そんなこと、言わないで……恥ずかしい……あぁっ」

胸のいただきを指先でいじくられると、噤んだ口を割るように甘い声が出てしまうのを止められない。

アティルの見た目よりもずっと厚みのある指先でこよられた乳首は、その色を艶っぽく変えぷっくりと立ちあがった。まるで砂漠に咲く薔薇《アデニウム》のように色づく。

「俺の手で気持ちよくなってくれているんだな」

「や、やめて……恥ずかしい……」

「恥ずかしいものか。俺は嬉しい。俺の手でこんなに反応してくれて……」

言うと、乳頭へ口づけをされた。

「ああ！」

たまらず身を捩《よじ》ってしまう。切なさが身体の深い場所にまで染みわたるようだ。

鼓動がトクトクと駆け足になる。

アティルが上目遣いに見てくると、鼓動が今にも爆発してしまいそうなくらい強くなった。

「ネーシャ、可愛いな」

「か、からかわないで……」

「本当だ。だから、もっと声を聞かせろ」

「そ、そんなの、だ、だめ……んううう！」

右乳首に吸いつかれた。先っぽが火傷《やけど》しそうなくらい熱い口内に包み込まれ、強く吸われると、胸のいただきがジンジンと熱く疼いた。

「あっ、だめっ」

「駄目なものか。そんなに可愛く声をあげてるじゃないか」

野性味のある微笑を浮かべ、舌先が先端をぴんと弾く。

「ん……っ！」

どんなに唇を噛んでみても、じわじわと粘りつくような疼きが広がれば、とても我慢しきれない。

このまま自分がどうにかなってしまいそうな未知のものに対する怯《おび》えの念が頭をもたげ、

「ま、待って、アティルっ」

思わず声をあげてしまう。

「どうした？」

水を差してしまうことを申し訳なく思いながらも口を開く。

「こ、怖いの……。私、こんな気持ちになったことないからっ……ごめんなさい」

「当たり前だ。俺以外の誰かがネーシャをそんな気持ちにさせてたら、俺はそいつを許さない」

「あ、アティル……っ」

「俺のことを信じてくれ。もう、お前に対してひどいことは絶対にしない。だから身をゆだねろ」

熱視線に心まで搦《から》めとられてしまいそうで、ネーシャはこくりとうなずいた。

乳首を優しく撫でられ、吸いあげられる。左乳首も指でこりこりとまさぐられる。

「はあっ……はあ……んんっ……」

色味を濃くした乳頭が彼の唾液でてらてらと光っていた。

肌も鮮やかに紅潮する。

彼の手によってシャルヴァルが脱がされ、下着も取り払われる。

「ああ、んんっ……」

指先が秘処をくすぐるようにつかわれた。

「アティル、やっ……そこはぁっ……ああっ……」

ネーシャは彼の動きを止めようと腕に触れるが力が入らず、ただ手を添えるような恰好になってしまう。

「あ、あなたの手が汚れちゃう……っ」

「おまえの雫《しずく》なら大歓迎だ」

アティルが耳に口元を寄せてくる。ふう、と吐息がかかり、くすぐったい。

「聞こえるだろ。俺の口と手で、おまえのここは、こんなにもいやらしく濡れてるんだ」

「は、恥ずかしい、恥ずかしいわ……っ」

「俺はもっと、お前の恥ずかしい姿を見たい」

「わ、私は、見せたくないのに……んん……」

くちゅくちゅと艶《なま》めかしい水音が弾けた瞬間、甘酸っぱい陶酔がのぼってくる。

「ここはしっかりとほぐしておかないとな。後々のために」

「あ、後々……？」

しかしアティルは答えず、指先をそっと差し入れてきた。これまでのように表面をあやすだけではない、直接的に身体のなかを犯される刺激に、「はぁっ……」と鼻にかかった声を思わずあげてしまう。

自分のあげたものだというのが信じられないくらい悩ましい声に、頬が火照る。

「すごく、びしょびしょだ」

アティルの指が、ネーシャの内側を優しく擦る。

「ああっ……やっ、やあぁっ……」

これまでよりもずっと強い痺れと疼きが身体のなかを駆けめぐり、ネーシャはたまらずアティルの腕にしがみついてしまう。

まるで幼児を可愛がるように頭を撫でられる。

「可愛いやつだ。おまえのなかが、俺の指をぎゅうぎゅう締めつけてくる」

言いながら、浅く差し入れた指をゆっくりと前後に揺すってくる。

さっきよりもずっと水音が大きく響いた。

「だめ、だめえっ」

涙声に声が震える。しかしそれにしても、その声はあまりにも甘えているように長く尾を引いてしまう。

「意地悪よ、アティル、あなたは意地悪だわっ。わ、私のこと、好きって言って、くれたのに」

「好きだからだ。——好きだから、おまえをもっと悦《よろこ》ばせたい」

「よ、悦んでなんか……ああん！」

彼の指が割れ目の上部をそっと撫でた瞬間、背筋がぞわぞわとした。

「今はまだわからないだけだ。でも、覚えてくれ。今のが気持ちいいってことなんだ」

さらに指が動き、ネーシャのなかからとろとろとこぼれる雫を、敏感な秘芽へと塗りつけてくれれば、仰《の》け反《ぞ》ってしまう。

爪先がくるりと丸まった。それはこれまでの刺激よりもずっと強烈で、反射的に両脚を閉じて、股の間を執拗にいじくる彼の腕を思いっきり挟んでしまう。

「ここは、女が弱いところ……すごく敏感で、繊細なところなんだ」

そう言って、表面を少し強く指先で弾いてくる。

淫らな波紋がそこから生まれる。

「あ、アティルばっかり、ずるいわっ。あなたばっかり、私の、その……」

身体が勝手に震えるのを抑えられない。声は甘えるように上擦り、まさぐられている秘処の熱っぽさはどんどんと強くなって、このまま溶けてしまいそうだった。

「──弱いところを知ってるからか？」

「そ、そうよ……っ」

「悪いな。でもそのおかげで、おまえをこうして悦ばせてやれる。男冥利《みょうり》につきるってもんだ」

花芽をくすぐるように探られながら、挿入された指が動かされた。

指で熱いものがかき出されてしまえば、ぬちゅぬちゅと艶めかしく、糸を引く音が耳までもとろけさせてくる。

(なに、これ……身体の中で、なにかがふくれていくわ)

気持ちよさだとわかりながら、ネーシャはそれを直視するのを躊躇った。

それを認めてしまえばまるで自分が淫らなものになってしまうと感じたから。

しかし一度、意識したものはとめどもない。

「ああ、爆発、しちゃう……ああ、だめえ、アティルっ！」

頭のなかでなにかが爆《は》ぜ、身体が浮きあがるような感覚に全身が染まる。

次の瞬間、体に入っていた力が抜けてしまう。

しがみついていた力がなくなり、寝椅子からも転げ落ちそうになったが、そっとくるみ込むようにアティルが支えてくれた。

「大丈夫か？」

額に浮かんだ玉の汗をそっとぬぐってくれる。その指は優しげで、くすぐったくて、気持ちいい。ネーシャは思わず頬ずりしてしまう。

「不思議……。こんなことに、なるなんて……」

花嫁修業の一環にはもちろん、閨《ねや》での行儀作法も入っていた。そのときに、男性の身体のことも一通り学んだし、女はどうふるまうべきか教えられた。それでも、今の浮遊感のようなものや、頭のなかが真っ白になるということは誰も教えてはくれなかった。

「もう、無理だ」

「え？」

「もう、我慢できない。ネーシャ、少し身勝手になることを、許して欲しい……」

「散々、意地悪したのに」

ネーシャは笑みまじりに言った。

「でも、女のはじめては辛いだろう？　優しくするよう努めるが、どこまで自分を保っていられるかわからない」

アティルは自身も一糸まとわぬ姿をさらした。

彼はネーシャの両脚を割り開きながら、そっとのしかかってくる。

ネーシャに負担をかけないようにしてくれるせいか、とても心地よい重みだった。

「あなたがしたいと思うことを、して……あなたの優しさは、ちゃんと、わかっているつもりだから」

彼の琥珀色の瞳を見つめる。その目は澄みきって、潤んでいた。

のしかかる彼の身体へ目を走らせた。

鍛えられ、しなやかな筋肉によろわれた身体。その右腕のほうに自然と目が行く。

しっとりと汗をかいたそこに古傷があった。そこから目を外し、彼の目をまっすぐに見つめ返す。

「ネーシャ、おまえは今日から俺だけのものだ。これが、その証だ」

彼が己の昂ぶった証を、濡れそぼる秘処へ押し当ててきた。

腕をアティルの首に回せば、ゆっくりと体重をかけてくる。

二人の間の、わずかな距離が埋まっていく。

「あ……う……っ！」

「ネーシャ、俺を見ろっ」

「アティルッ」

貪《むさぼ》るように唇を押しつけられた。舌を絡ませられ、舌先を強く吸われる。唇を甘く噛まれ、湿った吐息を交わす。そうしながら、アティルは腰を押し出してくる。

潤んだなかを肉の楔《くさび》がこじあけてくる。広げた両脚が爪先にいたるまでピンと伸びた。

鋭い痛みが走る。

それでもアティルがそばにいてくれる。それだけで、痛みも我慢できた。

こぼれる唾液を彼は優しく吸ってくれた。

やがて彼の胸板に、ネーシャの胸がつぶされる。ツンと勃《た》った先端が形を変えると、胸の奥がジンと疼いた。

そして彼のものがすべてネーシャのなかへ埋まった。お腹を押しあげられる圧迫感と、ジンジンと身体の奥深いところからわきあがる鈍い痛みはあるものの、それでも、彼と一つになれた嬉しさのほうが勝った。

「――ネーシャ」

「あなたが、深いところに、きてるのが……わかるわッ……」

荒い息遣いまじりにそっと下腹を撫でると、少しふくらんでいる。

「ねえ、こういうとき、じっと、しているものなの？」

ネーシャは精一杯の自制心を動員して、笑いかけた。

「いいのか」

「我慢できないって、身勝手になることを許してくれって、言ったくせに……。大丈夫だから」

実際、アティルの顔は切なげに歪んでいた。眉間に皺が刻まれ、口元のあたりが少し強張っていた。

「すまん」

アティルの腰が動く。

下腹をふくらませていたたくましいものが、潤んだもので満たされた場所を擦りあげる。

深いところにあったものが、一息に引かれれば内壁がぎゅっと収縮した。

「ああっ……ぁあっ、んんっ……」

アティルの腰遣いに合わせてぬぷぬぷといやらしい音が、あがった。

彼は身体をぐいぐいと擦りつけてくる。

深い場所を、彼に立てつづけにかき混ぜられれば身体の芯《しん》がほぐれていく。

痛みのなかにわずかに痺れがまじる。

気づけば、ネーシャは蜜《みつ》に沈み込んだかのような心地よさのなかにあった。

ときおり感じる痛みすらどこか遠い。

(アティルに、私の身体が、変えられていくっ……)

深い場所に達した矢先に引かれれば、彼を逃そうとするのを厭うように悶え、勝手に腰が動いてしまう。

自分でもいやらしい蜜が溢《あふ》れるのがわかる。

「ね、ねえ、あ、アティル、気持ちいい？　私の、身体は、あなたをちゃんと、気持ちよく、できている？」

彼の顔をそっと両手で挟み込んだ。

「あ、ああっ……すごい。おまえのが、動いて、俺のを締めつける。こんなに気持ちいいのは、はじめてだ」

アティルは動かぬよう気をつけていたとき以上に、眉間の皺を深く、荒く息をしながら、抱き締めてくる。

強い汗の香りを感じた。女性にはない、野性味のあるにおい。心臓を直接、ぎゅっと鷲掴《わしづか》

みされるようななんともいえない切なさを覚える。

「つぐっ……！」

彼の腰遣いに合わせて寝椅子がギシギシと軋みをあげた。

彼が乱暴になればなるほど、受け容れている場所はとろとろとほぐれて、彼のものを締めつけるように蠢《うごめ》いてしまう。

「ああ……ネーシャッ」

「アティル。あなたのが、震えてる……っ」

ズンズンと力強く突き出されていたものがこれまでとは違う変化を見せる。

わかる。

彼のなかでも、さっきのネーシャが感じた白い光に塗りつぶされるのと同じことが起きようとしているのだ。

そしてネーシャも、また――。

腰が早く動く。単純に突くのではない、叩きつけるような、我を忘れているような力強さが身体の隅々に刻まれる。

「つく……んっ……！」

アティルが切れ切れに喘《あえ》ぐ。

それに合わせて、ネーシャも全身をつかって、彼に応《こた》えた。

愉悦のうねりが高まる。

息ができない。

恍惚《こうこつ》に身体を弓反らせる。彼のものがふくれあがる。

次の瞬間、ドクンドクンと深い場所めがけ、滾《たぎ》りが注ぎ込まれる。

「ああっ、アティル……っ!!」

「ネーシャぁっ！」

二人はお互いをぎゅっと抱き合いながら切なげな嬌声《きょうせい》をあげた。


まるで子どものような安らかな寝顔のアティルを、ネーシャは微笑ましく見つめた。

二人は場所を寝室に移して、さらに身体を重ねた。

絡み合わせていた指が、なんとなくさっきまでの荒々しさとは違ってとても幼く思え、くすりとした。

——ネーシャ……おまえに言わなくてはならないことがある。

すべてを終え、身体の隅々に残った彼の気配を噛み締めていたとき、不意にアティルは言った。

彼の目は真剣で、そしてなにを言おうとしているのかはなんとなくわかった。

だからはしたないとは知りながら、ネーシャは彼の口を、唇で塞いだ。

——アティル。ここではお互いの過去に関して詮索をしないのが決まりなんでしょう。あなたは盗賊のアティル……それでいいわ。私はそのあなたにずっと、ついていくから。

そのときの彼は今にも泣き出してしまいそうな顔をして、ぎゅっと抱き締めてくれた。

(それにしても、邪険……か)

これまでのことを思い出してみるが、ネーシャとしてはこれまでアティルに感謝こそすれ、ひどいと思ったことはなかった。

口調こそぶっきらぼうだが、それでもネーシャを思って言ってくれていることだと伝わっていた。

ネーシャはあいているほうの右手をそっと彼の腕に走った古傷に沿わせる。すでにそこは目を凝らさなくてはわからないくらい薄いけれど。

愛《いと》おしげに撫でる。

(それにしても、すごく、不思議だわ……まるでおとぎ話のよう……)

口元には自然と笑みが浮かんだ。

同じ人に二度、恋をするなんて。

アティルが目を醒ましたとき、ネーシャはすうすうと穏やかな寝息を立てていた。

彼女の白い肩にしっかりと上掛けをかけてやり、起こさぬよう細心の注意を払って寝室から抜け出した。

上半身は裸のままシャルヴァルだけを身につけ、住居の外に出る。洞窟の冷気がじんわりと熱を持つ肌に心地よかった。

どの家もしんと静まりかえっている。

篝火が煌々《こうこう》と焚かれ、まだ夜明け前だというのがわかる。

ネーシャをついに愛してしまった――いや、愛することができた。

いけないはずなのに。

彼女をここへ連れてきて以来、己に誓ったそれは使命も同然だったはずなのに。

それを破り、本来ならばもっと後悔してもおかしくはないはずなのに。

(なのに、なぜ――)

こんなにも胸が熱く、身体が喜びに震えるのか。

――アティル。ここではお互いの過去に関して詮索をしないのが決まりなんでしょう。あなたは盗賊のアティル……それでいいわ。私はそのあなたにずっと、ついていくから。

不覚にも泣きそうになった。

今、こうして彼女のことを思いかえすにつけ、ネーシャが欲しくなる。

話すだけでは、触れ合うだけでは、足りない。

あのやわらかく吸いつくような肌が、あの囀《さえず》るような声が、アティルだけを見つめてくる緑色の瞳が、彼女のなにもかもが愛おしい。

あの日——はじめて彼女と出会った日、王家の人間がやってきて絶対に外に出るなといつも以上に念を入れて言ってきた。

客人が来るときはいつもそうだ。

いつもなら聞き流しているようなことだが、普段以上の念の入れように少し興味を引かれ、シャルに今日の客人が誰なのかをなんとはなしに聞いた。

シャルは乳母子《めのとご》で、従者であり、また無二の親友でもあった。

——カイカリュース家の姫君が参られるようです。

合点がいった。つまり、将来サリフに嫁ぐ后《きさき》の一人がやってくるから粗相はできないというわけだ。

アティルはシャルの目を盗んで王宮の庭園へ侵入した。

壁の穴は自分で作ったものだ。大人たちとは違う子どもの視点だからこそ隠し通せてきた秘密の抜け穴だ。

サリフにつき添われている少女を一目見て、目を奪われた。

肩に届くか届かないかの赤みを帯びた髪に、肌は真珠を刷いたように白い。その円らな瞳は緑色で、唇はこの庭園にあるどんな花よりもずっとみずみずしい。

だから彼女が自分のほうを見たときに、少し逃げるのに手間取った。

離宮へと戻る間、まるでくたくたになるまで剣術の稽古《けいこ》をした後のように胸の高鳴りを覚えた。そんなはじめての気持ちに戸惑いながら、剣術の稽古に集中していると彼女があの塀の穴から現れたのだ――。

あの日から己の運命をしっかりと見据えつづけてきたつもりだった。
しかしネーシャを守ることは、自分に課された運命に背を向けることになる。
自分に果たしてその決断ができるのか。
アティルは胸に過ぎるかすかな不安を振り払うように歩き出した。

# 第四章

告白の夜から数日後、アティルはシャルと共に書類を整理していた。

そろそろ休憩にしようというところで、ネーシャがコーヒーを運んできてくれた——のだが。

「うん、すごくおいしいです。ネーシャさんの腕前、どんどん上達されていますね」

シャルが褒めると、ネーシャは恥ずかしげに微笑んだ。

「いえ、そんな……」

「謙遜《けんそん》しなくてもいいんですよ。そう、いつもより深みがあるような気がします」

(俺たちは恋人同士になったんだ。それでいいんだよな)

目の前でネーシャとシャルが楽しげに会話を交わしている。アティルは完全に蚊帳《かや》の外。

「あ、わかります？　実はタイーブさんから教えてもらって豆を煎《い》ってみたんです。そうすると香りがよくなるし、味も……」

「そうでしたか。こんな上手に淹れられるのでしたら、次、街へ買い出しに行ったとき、いろいろな種類の豆を調達してきますよ」

「本当ですか。是非、お願いしますっ」

（俺が命を張って奪ってきた荷と交換するんだぞ）

心のなかでそう思わずにはいられない。

「シャル、いつまで無駄話をしてるつもりだ。休憩は終わりだ。仕事に集中しろ」

「頭領。せっかくネーシャさんがおいしいコーヒーを淹れてくれたんですからそんな言い方は……」

「コーヒーよりも仕事が先だ」

「そんなこと言って、さっきはまでネーシャさんが来るのを待っていたくせに……」

「ま、待ってないっ、……さ、さっさと手を動かせ」

「申し訳ありません」

シャルは口元に笑みをたたえて、まったく反省していない。

「ネーシャ、おまえも、もういい」

「……う、うん」

彼女はやや目を伏せ、部屋を出ていった。

（くそ）

それから一刻ほどで仕事を終え、シャルが帰宅すると、入れ替わるようにネーシャが片づけにやってきた。

てきぱきと片づけを終え、退出しようとするのを呼びとめる。

「俺だってわかったぞ」

「え?」

「コーヒーの味の違い」

「あ、うん?」

「……コーヒー、うまかった」

「本当に?」

ネーシャはほっとしたように表情をゆるめた。

「よかった。ずっと不機嫌そうだから口に合わなかったとばっかり……」

「あれは……まあ、シャルもいたからな」

「シャルさんがいるから……?」

ネーシャは小首をかしげた。

「俺は頭領だからな。それらしく振る舞う必要があるんだ。頭領ってやつは無闇に笑ったり、褒めたりはしない」

「そういうもの……? ごめんなさい。まだそのあたりのことぜんぜんわからなくって」

「それからな、一つ、忠告だ。あまり他の男と話すな」

「……どういうこと?」

「無防備すぎるというんだ。いいか、おまえは何気なく相手をしているつもりでも相手もそうだとは限らない。自分に気があると思い込むやつだって出てきかねない。男はみんながみんな、俺みたいに優しいとは限らないんだ。さっきだって、シャルに無闇に笑顔を見せるなんて……。あいつが勘違いしたらどうする」

「まさか……。ただコーヒーの味のことを褒められただけなのに」

「そういうおまえの人のよさに男はつけ込むんだ」

「でもシャルさんはとてもそういう人には見えない、けど……」

「シャルだって男だ。いや、ああいうやつが一番、危ないかもしれん。なんたって俺をけしかけるような……」

「え？」

「な、なんでもないっ。とにかく男はけだものだ。それを肝に銘じておくんだ」

「それはなんとなくわかる。アティルがそうだったから」

「俺はいいっ。俺は、おまえの恋人だからな」

「う、うん……っ」

ネーシャはやや目を伏せ、頰を染めた。

アティルのなかで今すぐ押し倒したいという衝動がこみあげる。

「……本当は、私たちがつき合ってること、みんなに教えられればいいのにね」

「ダメだ」

アティルは即座に否定すると、ネーシャはうなずく。

「わかってるわ。結婚するまでは恋愛関係を知られないのが作法、なんでしょう」

「そうだ」

すぐ間近に彼女がいる。もう、いてもたってもいられない。シャルという邪魔者もいない。

「ネーシャッ」

「!?」

急に、ひしと抱き締められたネーシャは驚いたように声をあげた。しかしその驚きの波はすぐに去ったみたいに、彼女もまた背中に回した手に力をこめてくれる。

「いきなりでびっくりした」

くすっとネーシャは微笑んだ。

「やっぱり、すごい」

「ん?」

「……アティルの身体、やっぱりすごく大きいなぁって。あなたみたいに腕で包んであげられない」

「当たり前だ。俺は男だぞ。女にそんな風にされてたまるか」

彼女の言葉に噴き出してしまう。

「そうね」

アティルはネーシャの頬に触れる。吸いつくような柔肌……。

その顔の小ささにあらためて驚いてしまう。

(コイツは自分が周囲にどんな風に見られているかまったく無頓着で困る。心配だが、俺が目を光らせればいいな。俺がしっかり守ってやらないと)

「——アティル。頭、ちょっと下げてみて」

「どうした？」

「いいから」

「……わかった」

なにをするんだと思いつつ言われた通りにした途端、そっと頭に腕を回された。

「ね、ネーシャ……？」

「ほら。こうすれば私だってちゃんと抱いてあげられる」

ネーシャはアティルの頭を、まるで壊れ物でも扱うように優しく抱くと、胸元へ導く。

彼女の優しい香りと、やわらかな感触が伝わった。

「どう？」

「……悪くない」

しかしこんな姿、誰にも見せられないと強く思いつつも、ずっとこうされていたい——そう望まずにはいられなかった。

（恋人……か）

告白を受けてから一週間ほどが経ったある日。

アティルと二人きりになるたび甘えたように抱き締められるという生活にも馴れつつあった。恥ずかしいが、彼と一緒にいられることが嬉しい。

（こんな生活があったなんて）

豊かさなどなくても大切な人がいればそれでよかった。

といっても恋人という関係がどうあるべきか、ネーシャにはよくわからなかった。

ネーシャが教育係から示されたことはよき妻、よき母として振る舞うには……ということだけ。

そして二人の関係は明かされていない。秘密のまま。

（でも、こういう関係、ドキドキしちゃうな）

王族といえば宮殿内の庭園を散策するときですら誰かが必ず身辺に寄り添っているのが普通だから、秘密なんて持ちようがない。でもここでは違う。

（でも……）

悪いことをしているわけではないのだから、みんなにも自分たちの関係を知って欲しいという気持ちもある。だがアティル曰《いわ》く、市井《しせい》の恋人たちは誰にも知らせず密《ひそ》かに交際することが作法——らしい。

(恋人同士って思った以上に大変なのね)

それともう一つ悩みがある。

それは室内でのアティルの豹変《ひょうへん》ぶり。

愛してくれるのは嬉しいし、一緒にいるのも楽しい。他愛ない話だけでも心が満ち足りる。

ただ、こうして家を出るのも少し大変だった。

(男の人ってああいうものなのかな)

さかのぼること、少し前のことだ。


その日はシャルが来る予定もなく、アティルの部屋で二人きりでなんてことのない会話をしていた。と、彼がふと思いついたように膝枕をしてくれるようねだってきたのだ。

「今日は邪魔者は来ないからな」

「邪魔者……？」

「なんでもない、とにかく頼む」

「こんな感じ？　どう？」

「ああ、気持ちいいぞ……。おまえの脚はふかふかしてる」

「それ褒めてる？　脚が太いって言われてるみたい」

「違うさ。女はそれくらいがちょうどいいってことだ」

どうにもネーシャはまだまだこういう恋人同士のやりとりに馴れないせいか、ぎこちなくなってしまう。

「えっと、私はなにをすればいいの？」

「なにもする必要はない。そのままでいてくれ」

アティルは満足そうに呟くと目を閉じる。

(そのまま)

彼の顔を見る。アティルはいつもの精悍さが嘘のように安らいだ表情だ。

(こうしてみるとアティルって綺麗な顔してる)

普段は粗野なしゃべりや盗賊の頭目らしい激しさ、猛々《たけだけ》しさばかりが目につくから、こうして無防備な表情が見られるのはかなり貴重かもしれない。

(夜だっていつもアティルより先に気を失っちゃうし……って、なに考えてるんだろう……)

頰がかっと熱くなり、思わず手であおいでしまう。

「――一人でにらめっこか？」

はっと我に返ると、いつの間にかアティルが目をあけていた。

「お、起きてたの？」

「別に寝てない。どうした？」

「ううん、なんでも……。っと、そうだ。ね、アティル……私、そろそろ、行かないと」

壁にかかった時計を見て、立ちあがろうとするが、

「ダメだ」

即座に却下されてしまう。

「大切な用事なの」

ネーシャは小さなため息をつきながら、彼の頭を強引に押した。

「お、おい、なにをするっ……」

「ごめんね。でもこれから学校だから。子どもたちが待ってるわ」

「シャルに任せておけばいいだろう」

アティルは眉を顰め、唇を尖らせた。

「そういうわけにはいかないわ。シャルさんだけじゃ大変だし、子どもたちだって私の授業を待ってくれてるんだから」

「俺だって今日という日をどれだけ待っていたことか……。今日はなにも仕事がないんだぞ。おまえと二人きり、一日中ゆっくり過ごせると……」

「それは帰ってからでも。すぐに戻ってくるから……ね？」

ネーシャは部屋を出ようとするのだが、

「待てっ」

「ひゃっ！　あ、アティル……!?」

後ろから抱きつかれたかと思うと、体重をかけられる。

「大袈裟な声をあげるな」

「お、重い……っ」

瘦せ型のアティルだが、上背もあるし、筋肉もあるせいでかなりずっしりとくる。

夜はこの重みを感じるだけで身体中がとろけてしまいそうになるのだが、今はそうなるわけにはいかない。

「俺をおき去りにするなんて許さん」

「お、おき去りって大袈裟よぉっ」

「いいや、おき去りだ」

「だめよ、行かないと……！」

「……頑固だなっ」

「どっちがっ」

甘えるような声は、ネーシャにとっては魅力的すぎるものではあったが、それでもやっぱり待っている子どもたちがいるのだから流されるわけにはいかない。

この洞窟では誰にも仕事があり、働かざる者食うべからず、だ。

心を鬼にして、首に回されるたくましい腕を剝《は》ぎ取っていく。

「……そうか。おまえは俺より子どもたちのほうが大切なんだな」

(そんな拗《す》ねた声出さなくっても)

「今は、そう。——それに、アティルは私が子どもよりもあなたを大切にするような女でいっていうの」

「………」

「それじゃ行ってくるから。なるべく早く帰れるようにするからね」

うなだれるアティルに手を振り、ネーシャは家を出た。


というわけで今に至る。

(求めてくれるのは嬉しいけど、ケジメはちゃんとつけないと。私だってここのれっきとした一員なんだからっ)

王宮ではネーシャはただそこにいればよかったが、ここではちゃんと務めがあり、認めてくれる人がちゃんといるし、子どもたちに頼られるのは素直に嬉しかった。

「あら、ネーシャじゃない。どうしたの？　ぼんやりして……」

「——あ、タイーブさん、おはようございます」

「おはよう。身体の調子はどうだい」

足はとっくに治っている。それはタイーブが一番知っているはずだ。

「熱っぽいとかさぁ」

「別になんともないですけど？」

意味がわからず、小首をかしげてしまう。

「それならいいんだけどねぇ。どんな小さなことでも違和感があったらすぐに言うんだよ。赤ん坊のためにもね」

「あ、赤ん坊……？　なんのことですか？」

すると、タイーブはあっはっはっはと笑い出す。

「無駄だよ。ネタは上がってるんだからね」

「ね、ネタって」

「あんたと頭領のことだよ」

「っ」

心臓が跳ねた。

「な、なにをおっしゃってるんですか。私たちは別になんでもないです……！」

ネーシャは必死に否定する。

「あんたたち、もしかしてあれで隠してるつもりだったのかい？　二人で並んでいるだけで、恋人同士ですって言ってるようなもんだよ！」

「そんなことありません！　だってちゃんと……」

万全の態勢で警戒していたはずなのに、と言いかけ、口を押さえる。

「あれで隠し通せると思ってるのはそれだけ二人の世界にひたってたってことなんだろうね。恋は盲目？　昔の人はいい文句を発明したもんだねえ、やけるよ、まったく」

「私たちのこと、気づいてるのはタイーブさんだけ、ですか？　ですよね……？」

祈るような気持ちで尋ねた。

「女たちの何人かも気づいてたよ」

「な、何人か……」

それくらいならば……ほっと胸を撫でおろすが。

「あんたノンキだねえ。女の何人かが知ったってことは、もう、みんなが知ってるってことさあ」

たしかに王宮でも世間話好きな召使いがそんなことを言っていた、気がする。

「ん、どうしたんだい、青ざめちまって」

「どうしよう……タイーブさん！　私、作法に反してしまいました！」

「落ち着きな。なにが作法に反したって」

「あ、アティルが言ってたんです。恋人同士の関係は誰にも知られてはいけない、それが恋愛の作法だって。なのに、私……」

きょとんとしたタイーブは涙を浮かべてさっき以上の大声で笑い出した。

「なにがおかしいんですか！　私は、本気で……」

「ごめんごめん。あんた、それ、頭領に言われたって？」

「そ、そうですけど」

「あんたねえ、頭領にかつがれたんだよ」

「へ……？」

「そんな作法なんざあるわけないだろう。みんなに自慢したがって、逆に言って回るようなことだよ」

「えええええ!!」

ネーシャは王族らしからぬ絶叫をあげてしまう。

「まあ、あんまり頭領を怒らないでやんな。……それだけ、あんたを自分だけのもんにしたかったんだろうからさあ。いやあ、初々《ういうい》しいったらないね。あんただけじゃなくて、頭領までそろって。お似合いだよ、本当に。ま、ともかくだ。食べ物の好みが変わったり、ちょっとした変化があったらあたしのところに来るんだよ。いいね？」

「……はい」

そううなずくのがやっとで、逃げるように学校への道を急いだ。

(嘘？　嘘だったの!?)

恥ずかしさに耳まで赤くし、思わず拳を握ってしまう。

(アティルってば。帰ったら、怒らないと!)

そのとき、

「ネーシャさん?」

背後から話しかけられて、大袈裟なくらいびくっと反応してしまう。

「しゃ、シャルさん……!」

「今、怖い顔をされていましたが、どうかされました?」

「シャルさん……。あ、あの、私たちのことなんですけど!」

「はい?」

「その、知って……あのー……アティルとの、こと……」

するとシャルは苦笑する。

「誰かがあなたに直接、尋ねてきましたか。しょうがないですね。みんなには温かく見守ろうと言っておいたんですが」

(みんな!)

「み、みんなって……」

「洞窟のみんなですよ」

「……やっぱり、そう、なんですね」

「ご安心を。子どもたちは知らないですから、ひやかしたりはしませんよ。——でも、正直、あなたがちゃんと学校に出てこられてびっくりです。頭領がそんなあっさり見送られるとは……正直、欠席されるだろうと思っていたんですが」

「……すっごく引き留められました」

「しょうのない人です。……子どもっぽい人ですから、色々とご苦労をかけると思いますが、末永くよろしくお願いします。……急ぎましょう。子どもたちが待ちくたびれてるでしょうからね」

「は、はい……」


そしてネーシャがいつものように算数の授業をしているとき、不意に、のっそりと大きな人影が部屋に入ってくる。

「あ、頭領だ！」

「と−りょ−っ！」

子どもたちが気づいて声をあげた。

(アティル!?)

ネーシャは頭を抱えたくなった。性懲りもなく、というのはまさにこのことだ。

子どもたちが騒ぎそうになるのを、アティルは制するように手をかざす。

「今は勉強中だろう。集中しろ」

子どもたちの間でも頭領の存在は絶大なようで、あっという間に静まる。

「おやおや珍しいですね。頭領も勉強をしに来たんですか？」

シャルがにこりとしたまま言うと、アティルはやや目を逸《そ》らし、わざとらしいにもほどがあるような空咳をしてみせる。

「今日は視察だ。ちゃんと仕事ができているか、な。頭領としては当然だろ？　だから、俺に構わず続けろ」

アティルは子ども用の席に無理矢理に座るものだから身体を縮こまらせ、猫背になりながら言う。

「なに言ってるのよ。そんなこと……」

さすがにネーシャは呆れ、アティルを追い出そうとするのだが、

「まあまあ。頭領に言って聞かせる時間が惜しいですからね、続けてください」

シャルに止められてしまう。

「で、でも」

「頭領をどうにかするより、子どもたちに勉強を教えるほうが簡単ですから」

「……おい、シャル。俺がここにいるのが見えないわけじゃないだろう」

「知ってますよ。好きなだけいてください」

シャルはアティルの言葉に一切動じることなく言った。

ネーシャは小さくため息をついた。

「それじゃあ、みなさん、まず昨日のおさらいをしましょう。足し算と引き算の問題を出しますよ——」


（つ、疲れたぁ……）

子どもたちを見ると、どうしてもアティルの姿が視界に入ってしまうので、かなり集中しなければならなかった。ネーシャとしてはアティルが気になってしまい、二桁《ふたけた》の足し算や引き算すら間違えて、子どもたちから指摘される始末。

（これもぜんぶぜんぶ、ぜぇえええんぶ！　アティルが悪いのよ！）

子どもたちを笑顔で見送りながら胸のなかでこっそり思う。

気づくとシャルも姿を消していた。

いつの間にかアティルと二人きり。

「いい先生ぶりだな」

伸びてくる腕をさっと避けると、アティルはむっとした。

「どうした？」

「……別に」

「もしかして怒ってるのか」

もちろん怒ってる。

「なんで怒ってるかわかる？」

「学校へ来たからだろう。だがな、これは視察だ。おまえのこととは無関係だ」

「それもあるけど……今の怒りは、もっと大事なこと」

「大事……？」

アティルは怪訝《けげん》にそうに眉を顰めた。

（しらばっくれちゃって）

「――恋人だってことは誰にも言わないのが作法、そうなんでしょう？」

「……ああ」

「タイーブさんに言われたの。私たちが恋人だってことはみーんなが知ってるそうよ」

「な、なんだと……!?」

「そこじゃなくて。そんな作法はないって言われたわ」

アティルがぐっと押し黙った。

「ひどいわ。あんな嘘をつくなんて……。常識のない私を騙すのがそんなに楽しい？」

アティルは目に見えて落ち込んでしまい、その大きな身体を縮こまらせてしゅんとしてしまう。

（アティル……）

思わず彼を許してしまいそうになるが、そこはぐっとこらえた。

一体どういうわけかは知らないが、恋人に嘘をつくなんて。

「……ネーシャ、許せ」

アティルの伸ばしてきた手の甲を強《したた》かに叩くと、なんとか逃れた。

「私、水浴びしてくるから。家に戻ってて。……続きはそれから！」

「お、おいっ！」

アティルの声を振り切り、駆け足で洞窟の外に出る。

見張りの人たちになんとか平静を装って挨拶《あいさつ》をし、洞窟の裏手に回り込むように進む。

アティルの顔を思い出しながら少し言いすぎた気もしたが、ここで甘い顔をしてはいけないと思い直す。

（反省すればいいんだわ）

そうして目当ての場所に向かう。

いくら洞窟に様々な施設がそろっているとはいえ、入浴施設はさすがにない。

その代わりに、男も女も身体を洗うときには近くのオアシスを利用するのだ。

それも、そのオアシスは大きな岩が目隠しになってくれているおかげで洞窟の住人以外と出くわすことはなかった。

（本当にこの洞窟って恵まれてるわ）

アティルに聞いてみたが、洞窟内の住居は彼らが来たときにはすでに廃墟だったらしく、都合がよかったから拝借したと言われた。

オアシスに到着すると、早速衣服を脱ぎ捨て、髪をほどく。

草木に囲まれた泉へゆっくりと足をつける。

太陽にさらされた水はいい感じに温《ぬる》くなっている。

すくった水を身体にかけていく。

「ん……。気持ちいい……」

水が雫となって肌を伝い流れる。

そのとき、草むらががさがさと鳴った。

「誰!?」

泉に身体を沈め、声をあげる。果たして草むらから出てきたのは……。

「——俺だ」

「アティル!?」

「俺も汗をかいたんだ」

アティルはなんの躊躇いもなく服を脱いだ。

「ちょっと……!」

「服を着たまま身体を洗えっていうのか」

そのまま泉に身体をひたしながら、ネーシャに迫る。

鍛えられた身体がみずみずしく輝いている。

ネーシャははじめて、男性に対して色っぽいと思った。

（って、今はそんな場合じゃないっ）

「私、出るから……っ！」

「待て」

手首を強い力で掴まれた。

「ネーシャ、こっちを向け」

「…………」

「頼むから」

懇願する声に抗《あらが》えず、振り返ってしまう。

彼はいつになくしょげた顔をしていた。こんな表情をしているのははじめて見るかもしれない。

「嘘をついて悪かった」

「……とにかく話は後で聞くわ。今はあなたが出るか、私が出るか……」

「どっちも却下だ」

急に声が力を帯びた。

「なんで――んん!?」

抱き締められるや、口を塞がれた。半ば強引に唇を開かれ、舌を絡みつかされる。

「んっ……んふっ……ぁあ……んちゅぅ……」

アティルに舌を甘噛みされ、吸われ、溢れる唾液を啜《すす》られてしまう。

(こんなふうにされちゃったらぁ……!)

駄目だった。

頭のなかがあっという間に霞《かすみ》にでも包まれたようになれば、たちまち骨抜きにされてアティルにしなだれかかってしまう。

「いい子だ」

アティルはキスをほどく。いつもよりも短い口づけに、「あっ」と、ついつい物欲しげな声を漏らしてしまう。

「安心しろ。これで終わりじゃない」

「な、なにも、不安に思ってないからぁ……っ」

細い首筋から鎖骨のくぼみへ舌を這わせてくる。

「な、なにしてるのっ……」

「奉仕させてくれ、姫君」

「ほ、奉仕……なんてぇ！」

肌をざらついた舌が撫でていく。

鎖骨のラインからゆっくりと胸元へ。

乳頭はすでに硬くなり、赤みを濃くしていた。それを優しく啄《ついば》まれてしまえば、小さく仰け反けってしまう。

「はあっ……ぁああ……やめてっ……アティルっ」

「反応してくれてるみたいだな。俺が嫌いになったわけじゃないんだな」

「き、嫌いになるなんてそんなわけ……」

胸のいただきを甘嚙みされ、胸のまるみに丹念な口づけを落とされた。

疼くほど強く吸われると、なめらかな肌に赤い痕《あと》が生々しく残ってしまう。

抵抗する力はとうにない。様々な角度から舌をつかわれ、胸を刺激されると、身悶え、切ない思いに囚われてしまうのだ。

わき腹、そしておへそを舐められる。

特におへそのくぼみを舌先でくすぐられると、大袈裟なくらい反応してしまう。

「あぁっ……」

ネーシャは幼児のような舌っ足らずでありながら、糸を引くような嬌声をあげる。

「だ、だめよ、そこはぁ……あっ、あっ、はぁっ……」

「だめなものか。おまえの隅々まで俺は知りたい味わいたい」

執拗に身体に舌を這わされながらお尻を掴まれる。

最初はただただくすぐったかった。それが執拗に刺激されていくうちに、悩ましい愉悦へと変わっていく。

足のつけ根が火照り、むずむずして思わず両脚をきつく閉じ合わせてしまうほどに。

「これは……はあ……ああ……そんなぁっ……」

割れ目に添えるように舌がうねる。

昂奮《こうふん》のさざ波が身体を走れば、肌が粟立《あわだ》つ。

「そこ……んんうう……っ！」

秘芽へキスをされ、口に含まれると、はしたないよがり声が口をついて出てしまう。

アティルの口のなかは燃えるようだった。

火傷しそうななかで、性感帯がとろとろにとろけた。

「だ、だめっ……」

涙目になったネーシャはついに音をあげ、全身を痙攣《けいれん》させてしまう。

秘められた場所に舌が押し入ると同時に、ぷっくりとふくれている雌蕊《めしべ》をくりくりと指で圧迫される。

「あっ、はあぁぁぁ……！」

腰が抜けて尻もちをつこうとしたところで、抱き留められる。

「気持ちよくなってくれたか」

アティルは勝利に酔いしれるようににやりと笑った。

ネーシャは肩で息をする。涙で視界が滲《にじ》んでしまう。

「やっぱりおまえには怒った顔より、そういうとろけた顔のほうが似合う」

「だ、誰のせいで怒ってると……」

「そうだな。俺が悪い。反省してる」

達した直後とあって、ちょっとした刺激でネーシャは身悶える。

「悪かった……」

優しく抱きすくめられると、それだけで息が詰まってしまう。

かけられる力の問題ではない。彼をこんなにも身近に感じるだけで、胸の鼓動が強くなりすぎて呼吸をするのも忘れる。

「ねえ、なんであんな嘘ついたの」

現金なもので、怒りはすっかり消えていた。

「それは」

「教えて、じゃないと」

「……からだ」

ぼそっと、アティルは言った。

「え？　ごめん、もう一度」

アティルは渋い顔をしたが、結局はもう一度口を開いてくれた。

「――俺とおまえ、二人だけの秘密に、したかったんだっ！」

アティルの赤銅の肌がみるみる紅潮していった。言葉こそ乱暴だったが、微笑ましくもあった。

「わ、わかれ、それくらい……っ！」

「……そ、そう、だったの……」

幸せすぎて死んでしまいそう、というのは実際にあることなのかもしれない……。

「ご、ごめんなさい……。でも、みんなから祝福してもらったほうが嬉しいと思わない？」

「なにも嬉しくない」

「そんな子どもじゃないんだから……って、ひぁあっ！　あ、アティル……!?」

耳の縁をぺろりと舐められるだけで、鳥肌が立つ。

「話は終わった。続きをする」

「そんな」

「――今は二人きりだ。もっと声をあげろよ」

「で、でも、外よっ……」

「だが、俺はおまえが欲しい……わかるだろ？」

太ももに擦りつけられる熱の塊の存在に否応《いやおう》なく、反応してしまう。

「どうなってる？」

「ん……すごい、わ」

掠れ声が漏れる。

「それだけか？」

「か、……硬くて、び、びくびく……してる」

(私、なんてはしたないこと、言っちゃってるの？)

しかし彼の声が耳に染みると、言わずにはいられなかった。

男性のシンボルから溢れ出るものが太ももへ執拗に擦りつけられている。

「ネーシャ。俺はおまえを想ってこうなっているんだ。それを無下にしないでくれ」

そう迫られては彼を押しのけることはできない。

熾火《おきび》だったはずのものは激しく火の粉をあげる情炎へと変わり、ネーシャを灼《や》きつくさんばかりなのだ。

「背を、向けてくれ」

「こ、こう？」

近場にある岩に手をつく。

「尻をもっと……」

腰のくびれを摑まれ、ぐっと引き寄せられる。

まるで四つ脚の動物の真似をさせられているようで、ただ戸惑う。

「おまえの尻はすべすべして、形も綺麗だ」

お尻をすべる指先のくすぐったさに身をくねらせる。

「や、やめて、恥ずかしいっ……お尻なんて」

少し大きめな柔丘はネーシャの気にしているところでもあった。それでもアティルは自分の思うがままに指を食い込ませ揉んでくる。

「俺は魅力的だと思うぞ。大きな尻は」

「アティル……！」

恥ずかしすぎるあまり声をあげると、「わかったわかった」と苦笑するような声がかかる。

「そんな焦るな。せっかく二人きりなんだ。もっと愉しみたい」

「も、もうっ……」

まるで自分のほうがより淫らに昂ぶっていると言われているようだ。

「やぁっ……！」

不意に敏感な場所に外気を感じて、ぶるっとしてしまう。

「あぁ、美しい色だ。それに、蜜でぬるぬる、だ」

媚唇《びしん》を開かれているのだ。

まるで粗相でもしてしまったかのようにぐっしょりと濡れそぼってしまっていることは嫌というほどわかっていた。

「いや……っ、そんなところ、見ないで！」

「まるでルビーのように輝いている。俺だけの宝玉だと思うと、誇らしい気持ちになるな」

「人の話を、聞いてっ」

「なぜだ。おまえは俺のためにこんなにも濡れてくれているんだろう？」

「恥ずかしいの！　そんなところ、み、見られていいものじゃないっ！」

舌先がずぷずぷとめり込まされる。

「はあっ、あ、ああっ……ん、ぅっ……！」

総毛立ち、悶え声が口を割る。

これまでのやりとりですっかり発情している媚壁を刮《こそ》ぐようにまさぐられてしまう。

「あああん！」

身体を弓のように反ってしまう。

「おいおい、そんな風に喘いでいるとさすがに見張りたちが驚いて駆けつけてくるかもしれないぞ」

「っ！」

ネーシャは両手で口を押さえ、必死に喉の奥をわななかせる喘ぎを抑えようと躍起になる。

(私、ど、どうして?)

いつもよりもずっと過敏になっている気がした。ここ最近の、アティルとの営みによって身体が女として花開きはじめているのとはまた別だ。

アティルは、そんなふうに己の変化に戸惑うネーシャの胸中を察し、それを利用するように舌遣いを変えてくる。

浅瀬を擦っていたかと思えば深くまで差し込まれる。

「んっ、んうう、んっ、ん……んむぅ……っ」

まるでお腹のなかまでまさぐられるような疼きに腰を逃がそうと思うが、すぐに彼の手によって引き戻されてしまう。

(逆らえないっ)

ぬちゃぬちゃとはしたない水音が響き渡る。

舌が根元まで押し込まれてしまえば、唇が花口に押し当てられているとわかる感触に顔から火が出てしまいそうだ。

圧迫感よりも彼の口で味わわれているというその事実に、ネーシャの官能は押しあげられていく。それでも厭う気持ちはない。ただ、恥ずかしかった。

「ここでの口づけも悪くはない。これからは丹念にしてやらないとな」

「ば、馬鹿……そんなことしなくても、い、いいのぅ……ぁあ、やあんっ！」

さらに、アティルはこぼれ出る淫水をふるいつくように啜ってきた。

それもわざとネーシャに聞かせようとするかのように、ぢゅるぢゅると下品な音をたてて。

「や、やめてぇっ……」

言葉は溶けた飴《あめ》のように間延びして、彼の劣情を煽るものにしかなりえなかった。

「そんな声でもっとしてくれと言われてもな」

「た、頼んで、なんかぁっ……ああ、飲まないでぇ……飲んじゃ、やぁっ……！」

舌の蠢きに合わせて熱く潤んだ秘処が震え、舌をぎゅうぎゅう絞りあげながら、滾々《こんこん》と悦蜜を漏らしてしまう。

「だめよ、もう、だめえ、ま、また、おかしくなっちゃう……」

舌と口による巧みな刺激に翻弄され、涕泣《ていきゅう》する。

「見せてくれ。おまえがはしたなくなるところを」

貪るようにしゃぶりつかれ、さらに痛いほどに尖った花芽まで弾かれれば、

「……ま、また、またぁっ……！」

ガクガクと全身を激しい痙攣に貫かれてしまう。

糸を切られた操り人形のように脱力した。

「あっ、あっ、ああっ」

汗だくになって膝をつく。

お尻は摑まれていたから、よりそれをアティル目がけ強調するような恰好になってしまうが、そんなことなど気にする余裕などなかった。

ただ自分のなかでうねり狂う甘美に両の拳を握り、必死にその波が過ぎ去るのを待つことだけで手一杯だった。

しかし、昇りつめた余韻に切なく疼く場所に、アティルはたくましい肉柱を押し当ててくる。

「こんな恰好でするの。これじゃあ、まるで……」

「まるで、なんだ？」

「ど、動物みたい、だわ」

「でも、そういうのだって悪くないだろ？」

「お、お願いっ、少し待って……まだ、その……」

達したことによる火照りが身体の隅々でくすぶる。

今、彼を受け容れればおかしくなってしまうかもしれない。

しかし彼の燃え盛る獣欲はすでにはちきれんばかりだ。

「悪い、無理だ」

言うや、野太い肉塊が容赦なく挿入される。

お尻を摑む手の力が増し、ネーシャの感じている圧迫感がより強くなる。

「あんん、き、きちゃう……ッ」

挿入感は長く、身体のなかがアティルのものでいっぱいに満たされていく充塞感に、ネーシャは「あっ、ああっ」と小刻みな吐息をこぼした。

これまで体験したことのない恰好での交わりのために、牡《おす》の象徴と擦れる刺激がいつもと違う。

そっくりかえる男根によってかき毟《むし》られ、背筋がぞわぞわとする。

当たる場所が違うと、そこから生まれる摩擦感も変化するのだと思い知らされた。

これで抜かれたらどうなってしまうのだろう。厚ぼったくなった蜜のひだを抉《えぐ》られ、扱《しご》きたてられたら、どうなってしまうのか。

そんな淫靡《いんび》な妄想をしてしまう。

「おまえも、昂奮しているみたいだな」

はっと我に返った。

「し、してない……。いやよ。お願い、いつもみたいに……」

「いいや、今日はこのまま犯す」

犯す——。その言葉の響きに、ぞくっとしてしまう。

それでも理性は無駄な足掻《あが》きをやめられない。

「嫌なの。こんな恰好でしたって、ちっとも気持ちよくないわっ」

「嘘だ。おまえのが、いつもよりもずっと強く、俺を食い締めるぞ。蜜だってすごい。あれだけ飲んだっていうのに、あっという間にべとべとだぞ」

「ん、んんっ……」

反論できない。いつもよりもずっと生々しいほどに灼熱《しゃくねつ》の塊を感じていた。たくましい太さ、血管の脈打ち具合、そして先端部分の槍《やり》を思わせる凶悪さまであますところなく。それだけ強く、きつく、彼を締めつけてしまっているのだ。

「動くぞッ」

せめてもの作法のようにアティルが苦しげに言うや、抽送《ちゅうそう》がはじまった。

「あぁぁっ……んっ！」

根こそぎ身体のなかが持っていかれてしまうような荒々しい甘美に襲われる。

そしてぎりぎり抜けるか抜けないかのところで再び、下腹を押しあげるような力強い突き込みがやってくる。

「ああん、こんな、恰好……ああ、恥ずかしいのにッ……ああっ、声が出ちゃう」

うねる蜜壺《みつつぼ》を掘り起こすような凶暴な抽送に、眩暈すら覚えてしまう。

蜜が肉棒によってかきまぜられる水音が響く。しかしそれはいつものようにかきまぜられているというより、かき出されていると言ったほうがいい。

それほどに今、自分の秘処は蜜で満ちていることを痛感させられてしまう。

「あああん……ああっ、ああんっ……！」

四つん這いで組み敷かれ、秘部からとめどなくはしたない雫を垂らしている自分の姿を思い浮かべるだけで、喘ぎの声はより一層高く、大きくなってしまう。

「どうだ。いつもの恰好よりも感じるだろ？　ネーシャの声だっていつもよりうんといやらしいぞ？」

「い、言わないで」

ちょっとした心の動きが絡み合う媚粘膜に伝わり、きゅっ、きゅっと小刻みに締めつけてしまう。

「自覚してるんだろ」

「んううッ」

背中に何度もキスをされる。

痛みが走るほどに強い口づけだ。

それはまさにアティルの独占欲の発露。

「ネーシャ、嬉しいぞ。俺の腕のなかでこんなにもいやらしい女になってくれて。俺だけがこうしておまえをいやらしくできるんだっ」

たくましい腰つきが猛々しくお尻を打ちすえてくるたび、根元まで嵌まり込む昂ぶりに、ネーシャの身体は情熱的に応じた。

陰唇の締まりがさらにきつくなり、彼の動きに合わせて蜜壺の蠕動《ぜんどう》も熱を帯び、最奥を突かれることで発する恍惚がより増した。

抽送が激しくなればお尻を打ちつける乾いた音もまた、甘美な演出になる。

「あっ、ああっ……んんっ！」

アティルに胸をすくいあげられてしまう。

輪郭が歪むくらい乱暴に指を食い込まされ、痛いくらいに張りきった乳頭を押しつぶされてしまう。

「そんな、いっぺんに、し、しないでッ……ああっ……おかしくなっちゃうッ！」

怒張でお腹をかきまぜられながら胸をもてあそばれる。

めくるめく陶酔の奔流《ほんりゅう》が押し寄せ、繋がっている場所がかあっと燃えあがった。

ただでさえ獣のようにはしたなく交わっているにもかかわらず、胸にわきあがる多幸感はいつもよりもずっと深かった。

(いけないのに。こんな動物みたいな恰好で感じてはいけないのに。どうして、どうしてこんなにも、とろけてしまうのっ)

それまで大きかった腰遣いの振幅が短くなる。

柔肌がふやけてしまいそうなくらい汗に濡れた背中や首筋にかかる彼の熱い吐息もまた、

これまで以上に昂奮に満ちたものへと変わる。

(アティル……)

彼の限界が近いことはわかった。胸への愛撫《あいぶ》も強まり、抽送の動きが余裕のない拙速《せっそく》なものになる。

深いところでわき起こる淫らな熱情が業火《ごうか》へと変わっていく。

快感の火花が炸裂し、頭のなかがふわふわしていく。

お酒も飲んでいないのにアティルから与えられる快楽に酔いしれてしまう。

「だめえ、も、もう……」

「ネーシャ……俺もだっ」

男根がぐぐっと太さを増す。圧力が強くなる。

上半身を持ちあげ、激しく頭を振った。水滴をつけた赤毛が艶やかに波打った。

「か、顔を……ああ、アティル！　おかしくなるときは、んん……あなたを見ながら……っ」

「くッ！」

彼は息苦しそうに息を詰めたが、顎を摑んで、半ば身体をねじるような恰好にさせてくれる。

彼の悩ましく、今にも泣き出してしまいそうな視線とぶつかる。

琥珀の瞳が妖《あや》しい光をたたえていた。切迫した彼の顔は引《ひ》き攣《つ》り、歪んだ。

(アティルも、こんなふうに感じてくれていたんだ)

頭のなかでずっとアティルによって責められていることを理解しながら、あらためて彼の顔を見ると安心できた。

(アティル、やっぱりあなたが相手なら、私はこんなにも、は、はしたなくなれる……っ!)

「きちゃう、アティルぅっ!」

「ネーシャ!」

身も心もほぐれていくような高みに昇りつめながら、アティルと深い口づけを交わした。

自分の魂が身体を捨てどこまでも昇っていく。

しかし一人ではない。アティルもつき添ってくれる。

彼のたくましい腕の中で、ネーシャは終わりのない快楽に溺《おぼ》れた。


「……ネーシャ」

二人は抱き合ったまま泉に身をひたしていた。

汗をかき、火照った身体に水が心地よく染み入る。

「おまえを騙したこと、反省している」

さすがにアティルはやや疲れたように言った。

「……ううん、私こそ、あなたの気持ちをわかってあげられなくて」

「しょうがないさ。おまえにとって、俺がはじめての男なんだからな」

どこか勝ち誇ったように言った。

(ほんとに子どもみたい)

それでも家族以外の人をこんなにも激しく想うのははじめてだ。

今や彼のそばにいて、彼の役に立ちたい、そんな気持ちがネーシャの心に深く根を下ろしていた。やめろと言われたってやめたくない。

「……ねえ、あらためてみんなに私たちのこと、話しましょう」

「みんな、知ってるんだろ」

「それでも。あなたは頭領なんだから……。これまでだってみんな知ってても、茶化したりしなかったのよ?」

「……だが、あらためて言う必要は」

「噂話みたいな形じゃなくって、ちゃんとみんなに知って欲しいの」

それはやっぱり女心だ。いつまでも黙っているなんて、まるでやましいことをしているみたいだ。

しばらく悩んだ末にアティルが折れた。

「わかった……。おまえの言う通りにしよう」

「ありがとうっ」

ネーシャはアティルの首に抱きついた。

# 第五章

ネーシャは厨房《ちゅうぼう》でコーヒーを淹れる。

さきほど仕事のためにシャルが訪ねてきたのだ。

アティルのコーヒーにはなにも入れず、シャルのコーヒーには蜂蜜《はちみつ》や羊の乳を入れて甘さとまろやかさを出す。

つい三日前、アティルは住人を全員集めた。

子どもたちはこれから一体なにがはじまるのかと騒いでいたが、大人たちはもうすべて承知と言わんばかり。

全員の前で、アティルは、ネーシャを抱き寄せ言ったのだ。

——俺たちは愛し合っているっ！　だから俺たちがいい雰囲気のときは、できる限り尊重して欲しい！　それが無理であればうまい具合に見て見ぬふりをしろ。これが頭領として、みんなにするはじめての頼み事だ。この通りだっ!!

そうして公然の秘密が、ようやく公になった。

実際、その言葉を人々は忠実に守ってくれている。ただ学校に出かけるたびに子どもたちから「愛するってなーに？」とか「結婚するの!?　赤ちゃんは!?」、「ねーねーキスはしたの？」と、質問攻めに遭って授業どころではなくなってしまうところは少し困りものではあったが。

他にもネーシャとアティルとの関係が公になったことで、それまで遠巻きに様子を窺っていた女性たちがなにくれと用事を作っては、ネーシャに話を聞こうとアティルが留守のときを狙って訪ねてくるようになった。

アティルとの夜の営みのことにまで踏み込もうとすることもあり、返答に窮することもしばしばだったが、そんなときにはいつでもタイーブが割って入ってくれた（彼女も日参のメンツの一人ではあるのだが）。後でタイーブから若いからいらないかもしれないけれどと、アマという植物を煎じた強壮剤を渡されることもあった。

忙《せわ》しない日々だが、幸せだ。

幸せすぎて怖いくらい。

きっとタジマムーンの後宮にいてはこんな風に楽しいと思えなかっただろう。

そもそも、あの軽薄な男、タジマムーン王サリフと肌を重ねることそのものがきっと耐えられない。あの冷酷な青い眼差しは思い出しただけで怖気《おぞけ》をふるってしまう。

（愛してくれる人が、アティルでよかった）

コーヒーを淹れながらそう思う。

一方でこの洞窟で過ごす歳月が延びていることも実感していた。

（お父様、お母様……）

幸せな日々のなか、唯一、案じることは両親のこと。

一人娘のネーシャが行方不明になり、どれほど心を痛めているだろう。

涙を流して見送ってくれた両親の顔は今も瞼《まぶた》の裏に焼きついている。

きっと今でも娘の無事を祈り、探しつづけてくれているに違いない。

一目――いや、手紙でも構わない、無事であることを伝えたい。しかしアティルたちと一緒にいるということを不用意に書けば、アティルたちこそ下手人であると思われかねない。

そんなことになれば、この洞窟の人々に累が及ぶだろう。

今となってはタイーブたちもまた、ネーシャにとってはかけがえのない恩人なのだ。

（でも生きてさえいれば、きっといつか会えるはず……っ）

今はそう信じるほかない。

コーヒーを手に執務室へと向かう。

部屋からは熱心な話し合いの気配がある。

また商隊を襲う計画を立てているらしい。

最近、その頻度が上がっていた。

この間、商隊から奪った物資はまだ倉庫に余っている。

そもそもこの洞窟の人々を養うだけなら一月に一度くらいでも全然足りる。

そうかといって余った物資を換金してはいないようだった。物資の管理は、ネーシャが書類を見る限りにおいても厳重におこなわれている。

最近ではアティルたちを警戒して、街や商隊も武装しているらしいと、女性たちが教えてくれた。

現状、危険を冒して盗賊稼業をしなければならない理由がわからない。

どうしてタジマムーン王家に連なる者が身分を隠してまでそんなことをしているのだろう。

アティルを見るたび、その疑問を口にしたい衝動に何度も駆られた。

少し前までは事情なんて知らなくても構わないと思えていたのに。

心と体の距離が深まったことで、彼に危険が及ぶことに敏感になっているのかもしれない。

しかし彼がなにも言わない以上、黙っているほかなかった。

きっとそのときがくれば話してくれる。

すっと息を吸い込み、声をかけ、にこりと笑いかける。

「お二人とも、少し休憩されてはいかがですか？」


「ネーシャ。おまえは飲んでいかないのか？」

「私は学校のことがあるから……」

ネーシャはつれなく部屋を出ていってしまう。

「振られてしまいましたね」

「ふん、おまえがいるから恥ずかしがっただけだ。おまえにも見せてやりたいよ。普段、俺たちがどんなふうに愛し、愛されているのかを」

「左様ですか」

シャルは微笑んだ。

「仲睦《なかむつ》まじいようでなによりです」

「そうだ。幸せすぎて怖い……本当に」

二人だけの秘密というものはなくなってしまったが、みんなから祝福してもらうのは思ったよりも悪くはない。それにこれまで周囲に知られないようにと家でしかいちゃつくことができなかったが、今では外でも堂々と二人きりになれるようになった。

ネーシャも外だからと恥ずかしいと言っても、少し押せば、折れてくれる。

もちろんできる限り彼女の意を汲んで家のなかで愛するよう心がけてはいるものの、ネーシャのまとう花のような香りと、あの見目に、どうしようもなく自分というものが浅ましい存在に成り果ててしまうのをとめられなかった。

と、しばしとろけるような反芻《はんすう》をしていたアティルは、目の前のシャルが訝しげな顔をしていることに気づいて咳払いをする。

「――そうだ、これを兄上のもとへ。ネーシャは始末した、となる」

アティルはネーシャの婚礼衣装に動物の血を染み込ませたものと書状とを渡す。

「たしかに受け取りました。しかしこれでサリフ様は納得されるでしょうか？」

「兄上は信じるさ。すべて自分の思い通りになると疑わない人だからな……」

「かしこまりました。ところでネーシャさんにはご自身のことはもう伝えたのですか」

「……いや」

せっかく人が気持ちよくなっているというのに。

思わず腹心を恨みがましく見てしまうが、彼はまったく気にしない。

「仲睦まじく愛し合うことは結構です。しかし殿下。胸のなかの苦しみから逃れたいがために、愛にすり替えてしまうのはとても卑怯《ひきょう》なことですよ。それに、ネーシャさんに対してもひどく不実です」

「別にすり替えているわけじゃない。……ただ、これは俺としてもどう伝えるべきか迷っているんだ。それだけのことだ。わかるだろ？　それから俺のことは……」

「頭領」

「……そうだ」

「迷っているために言えないのであればそれでいいんです。このようなことは頭領においては決してないと信じておりますが、逃げていなければ……。お二人の未来のためにも避けては通れないことです」

腹心の言葉が胸に染みる。

「……おまえというやつは」

アティルはコーヒーに映った自分の顔を見つめる。

(未来……か)

これまで意識してこなかった言葉の響きを、アティルはそっと嚙み締めた。


「——ネーシャ、起きているか？」

「……どうかした？」

かすかに虫の音が聞こえる深更。

蠟燭《ろうそく》に火をともして机に向かっていると、アティルが部屋に入ってきた。

「ごめんなさい。今日は……」

アティルは苦笑してうなずいてくれる。

「また学校の用事か」

「ううん」

「……手紙？」

便箋《びんせん》を広げていたのを、アティルが目に留めた。

「……両親に、ね……。あ、大丈夫。これを届けて欲しいなんて言わない……。アティルたちの立場はわかってるつもりだから。ここにいる人たちを危険な目には遭わせられないもの……。これはただ、いつか出せるときがあるかもしれないと思って」

不意にわきあがった里心をこれでどうにかできると思ってのことだった。

「……すまん」

「謝らないで。私はここで何不自由なく過ごさせてもらってる。これ以上なにかを望んだらきっと罰が当たるわ。それより、どうしたの？」

しんみりしてしまわないよう、ネーシャは明るい声で言った。

「明日、近くの街に出かけることになったんだが、おまえも一緒に来ないかと思ってな」

「街に？」

「そうだ。物資の調達にな」

「でも倉庫はいっぱいだけど……」

「商隊を襲うだけじゃ補えないものがある。ずっとここにいるのも気が滅入るだろう。それにおまえに見せたいものがあるんだ」

「なあに？」

「見たいなら一緒に来い」

「……わかった、行くわ」

「よし。それじゃ明日な。おやすみ」

頬にそっと口づけをくれた。

「おやすみ」

(街、か)

ここに来てからはじめての外出に胸をときめかせながら、便箋にペンを走らせた。


そして翌朝、早起きの子どもたちに色々なものをねだられつつ見送られながら(女性たちからは主に化粧品だ)、アティル、シャルをはじめ、数人の盗賊の面々で洞窟を発《た》った。

久しぶりの外の世界。

さすがに覆面などはつけず、麻製の旅装《バーヌース》姿だ。

まだ完全に夜の明けきらぬうちに出立し、正午近くに到着した。

そこは城壁に囲まれた大都市・エントリオ。交易の中心地であるこの街はカイカリュース王国の都よりも規模が大きく、街に入るまでに長い行列ができていたほどだ。

そしてどうにかこうにか街に入り、北に延びる目抜き通りを立錐《りっすい》の余地もないほどの人混みをかき分けながら向かうと大きな広場に出る。

バザールが開かれ、各店の庇《ひさし》が軒を連ねていた。

「では我々は物資を仕入れてきますので、お二人は観光でもしていてください。待ち合わせは門の前で。——では」

シャルはそう言うと他の仲間たちと一緒に、人混みにまぎれていった。

（すごい人）

ともすると眩暈を起こしてしまいそうだ。

硬く大きな手に手をとられる。はっとして仰げば、アティルの優しい笑顔があった。

「疲れてないか？」

「平気。……それよりも私に合わせてもらったせいで到着が遅れて、ごめんなさい」

「気にするな。それも計算に入れて早めに出発したんだ。さあ、行くぞ」

「うんっ」

（二人きり）

考えるだけで鼓動が高鳴った。

洞窟と違い、ネーシャたちのことを知る人はいない。大手を振って歩ける。

バザールのほうぼうで値段交渉や、客寄せの声が交錯している。

扱われている商品は果物や干し肉、香辛料はもちろん、大人の男ほどの背丈のある壺に、羊毛織りの絨毯《じゅうたん》にタペストリー、貴金属に宝石の原石——と品ぞろえは豊富だ。庶民から金持ちまでが身分の差なく一堂に会し、求める品を前に店主との交渉にいそしんでいる。

見ているだけであっという間に一日が終わってしまいそうで、あれやこれやと目移りしてしまう。

「す、すごいのね……」

なにより交渉のときのやりとりの熱気は目を瞠《みは》った。

「まあな。商人にしてみれば生活がかかってる。戦いも同じだろう」

「へえ」

王宮にいてはわからないことだ。

「こんなに大きなバザールははじめて」

いつも欲しいものがあれば宮廷に出入りする商人がネーシャのためだけに商品の紹介してくれた。あのときも楽しかったが、こうして自由に見て回れるほうがずっと楽しい。それも隣には大切な人。

「エントリオだからな。この規模のバザールはそうない」

知らず知らずネーシャは早足になり、アティルの手を引っぱっていた。

「おいおい、走るな。転ぶぞ」

「もう、子どもじゃないのよ」

「そうだったな」

にこにこと微笑んだアティルの手が、頭に乗せられる。

「もうっ！」

「それじゃあ、お嬢さん、腹ごしらえでもどうだ？」

ネーシャに手を払われながらもアティルはにこにこと笑みを絶やさない。

「……そうね、お腹すいたかも」

今日はオアシスのそばで一度休憩したときにドライフルーツを食べたくらいだ。

屋台の一つに足を向ける。

一口大にした羊肉を竹串《たけぐし》に刺したものを火にかざして焼いている。

肉汁が垂れるたび、じゅうじゅうと音をたてながら火の勢いが強くなったりした。

「オヤジ、二本くれ」

「あいよっ！」

威勢のいいかけ声が気持ちいい。

「ほら」

「あ、ありがとう。……えっと」

ネーシャは思わず周囲を見回してみるが、椅子らしいものはない。店頭にたむろしている人々は立ったまま肉にかぶりつき、歯で扱きとっている。

「ああやって食うんだ。騙されたと思って一度、やってみろ」

アティルがかぶりつきながら言った。

「う、うん」

意を決して思いきってがぶりとやった。

（これ……）

いろいろなスパイスがふんだんに使われているせいで羊肉特有の臭みは一切なく、噛み締めると口いっぱいに濃厚な肉汁が広がる。

肉の一つ一つがかなり大きめにもかかわらず、とてもやわらかく、たやすく歯で噛み切れて、口の体温であっという間にとろけてしまう。脂《あぶら》もたっぷりなのだが、しつこくない。いくらでも食べられてしまいそうだった。

「おいしい……！　こんなおいしいお肉食べたことない！」

「だろ？」

アティルは嬉しそうだ。その笑顔は少年のように無邪気だった。

「——宮廷で食べるもんにだって負けないだろう」

「ええっ！」

（世界にはこんなにもおいしい食べ物があるんだ！）

新鮮な喜びが胸に満ちる。

腹を満たし、再び店を見て回っていると、

「——そこのお似合いのご両人。無愛想な旦那と、可愛いお嬢さん」

呼びかけられ、そちらを向けば宝石商らしい中年男が媚《こ》びるように微笑み、手招きする。

「無愛想で悪かったな」

「いやいや、古今東西、美女と野獣の組み合わせがお似合いと決まっていますから」

「お前が売りたいのは宝石か、喧嘩《けんか》か」

アティルは腕を組むと、むっと眉間に皺を刻んだ。

「ちょっと、アティル……っ」

そんなことはまさかしないだろうが、殴りかかるのではないかとハラハラして、思わず腕に手を添えてしまう。

「――そんな、お似合いのお二人に、これなどいかがかな？」

差し出されたのは青い石の嵌まったネックレス。

丸みを帯びた宝石は深みのある青さをしている。それは空の青よりもずっと濃密で、自然界にこんな青さがあるのかと驚いてしまう。

「これって、天然……ですか？」

「もちろん。東方世界から届けられた貴重な一品さぁ。向こうじゃ〝ルリ〟……と呼ばれる代物でね。悪を寄せつけない加護の力が宿っているという伝承があるんだ。どうかな、旦那。大切な女性に……」

「ルリ……たしかにあまり見ない石だな」

ネーシャも同感だった。普通、宝石といえばカッティングされているものばかりだが、これはそういう加工がほどこされていない。つるりとした表面に優しい光沢をたたえている。

「ふうん」

アティルは男の手からふんだくるようにネックレスを抓みあげた。

「細工も悪くないな」

石を包み込むように蔦《つた》の模様がほどこされ、その一本一本が立体的に浮かびあがる。

「さすがお客さん、お目が高い！」

「――ま、俺がそばについている以上、加護などいらんが……ネーシャの髪と合うからな。いくらだ」

「へへえ、まいど。まあ貴重な品ですから……」

店主が値段を示す。

「えっ」

思わず声が出てしまう。王宮にいた頃にはわからなかったお金の価値も、アティルたちと過ごすようになって少しずつ身についてきていた。

今、提示された値は単純計算で、あの洞窟の全員が数ヶ月は食べていける。

「わかった」

しかしアティルはほとんど間をあけず、腰に提げていたずしりと重たい袋を渡す。

「釣りはいらん」

「こりゃ、ありがてえこって」

店主は妙に芝居がかった動きで掌の皮袋を恭しく捧《ささ》げ持った。

「アティル、そんな高いものいけないわ！」

「俺がこれを着けてるおまえが見たいんだ」

「で、でも」

「こういうものは黙って受けとるもんだ」

「……うん」

「後ろを向け」

言われた通りにすると、ネックレスをつけてくれた。

日にさらされた肌に、金属のひんやりとした感触が心地よい。

「思った通りだな。よく似合ってる」

あらためて正面からまじまじと眺めたアティルは口角を持ちあげた。

「あ、ありがとう……」

胸元で揺れる青い石を指先でもてあそんだ。

これははじめて親以外の人からもらった品物だ。

（不思議）

サリフのもとに嫁ぐ際の金銀はもちろん、無数の宝石をあしらった装飾品に囲まれていたときですらただ煩わしいとしか思えなかったというのに、この小さなネックレス一つにどう

しようもないくらい心が浮かれた。

どんなものよりも今、このネックレスが貴い――。

（ああ、どうしよう……）

恥ずかしいくらい頰がゆるんでしまう。それをアティルに見られるのが恥ずかしくて、俯きがちになってしまうほどだった。

ネーシャたちがバザールを出ると、すっかり空は茜色《あかねいろ》に染まっていた。

もうこの街を出なくてはいけないのが残念だ――と、アティルに手を引かれて向かうのは、シャルとの待ち合わせとは真逆の方向。

「ちょっとアティル。門はあっちよ」

「まだおまえに見せたいものがあるんだ」

「見せたいものってバザールじゃないの……？」

「もっといいものだ」

平坦だった道はゆるめの坂に変わり、そして道が切れた。

人気《ひとけ》のほとんどない、そこは丘だった。それもちょうどエントリオの街並みを一望できる。

西の山脈へ沈もうとする夕日を浴び、街全体が蜂蜜色に輝いていた。

「きれい……！」

「ここの眺めは最高なんだ。――男どもと来ても面白くもなんともなかったが、おまえとならな」

「ふうん。で、ここに連れてきたのは私で何人目？」

冗談めかしてそんなことを言えば、

「馬鹿、お前が最初で最後に決まってるだろ」

アティルに肩を抱かれ、彼の厚い胸板に顔を寄せられた。

「……ま、そういうことにしとく」

「おまえなぁ」

二人して夕日が沈んでいくのをいつまでも眺める。

洞窟でも一緒にいるはずなのに、ここで過ごす時間が終わることを残念に思った。


いつもかかさず磨いている半月刀《シャムシール》をランプの明かりにかざす。

温かな光が弦月を思わせる刀身をすべっていく。

鞘に収め、帯に差す。と、そこであの短刀が目に入る。

ネーシャの守り刀だ。

数日前、これを返そうとしたときのことだ。

――私には必要ない。だってあなたが守ってくれるんでしょう。あなたが持っていて。

――でも、これは大切なものだろう。

──もちろん大切なものよ。私がサリフに嫁ぐことが決まったときに、お母様からいただいたものだから。遠くにあってもカイカリュースの女であることを決して忘れぬようにって……。でも大切なものだからこそあなたに持っていて欲しいの。きっとそれがあなたを助けてくれるはずだから。必ず、ここへ……私のもとに無事に戻ってこられるように。それに私には、この間、あなたからもらったこの宝石が……。だから、あなたがそれを。

それはただの守り刀ではない。ネーシャの一部なのだ。

「……アティル」

身支度をしていると、ネーシャが部屋に入ってきた。

「出るのね」

「日暮れまでには戻ってこられるはずだ。……そんな顔をしないでくれ。大丈夫。俺には、これがある」

守り刀の柄を撫でると、ネーシャは白い歯を見せてうなずいた。

精一杯、気丈を装ってくれているのを見ると胸がずきりと痛んだ。

大切な人にそんな顔をさせてしまっているのは誰あろう自分なのだ。

右頬をそっと撫でれば、ネーシャが甘えるように頬を擦りつけてくる。

「……一緒にいる時間が長ければ長くなるほど、あなたがこうして外に出ていくことが不安になる……」

「俺はそんな柔《やわ》じゃないさ」

「あなたが弱いとか、そう思ってるわけじゃないの」

ネーシャは話しながら自分のなかの感情を探り出そうとするかのように慎重に言う。

「だって、あなたは事前にしっかり情報を収集するし、シャルさんもついていてくれる……。なにも心配することなんてないんだから。でも、あなたを見送るとき、手の届かないどこか遠くに行ってしまうような気がして。胸の奥がざわつくの……。ごめんなさい、出発するあなたにこんなことを言うなんて」

「ネーシャ」

「…………っ」

アティルはたまらず、彼女を抱き締めた。彼女もまた抱き締め返してくれる。

腕のなかの彼女は温かかった。

アティルはそっと額に口づけをした。

彼女はぴくっと震え、閉じていた目をあける。

「唇に欲しかったか？」

真珠よりもずっと透き通った肌がほんのりと染まる。

「……今は、これだけだ。これ以上は、欲しくなる」

「私も」

ネーシャがくすりと童女のように純真に笑うと、不意打ちすぎる返答に、アティルのほうが虚を突かれてしまう。

「お、おまえ……っ」

「みんなと待ってるから、早く帰ってきてね」

家から一緒に出ると女たちが男たちを送り出すために、子どもを連れて勢ぞろいしている。しかしその顔に不安はなく、むしろ「頭領の足を引っぱるんじゃないよ！」と景気づけのように尻をたたく始末だ。

髭面にいかめしい眉にぎょろついた目、男相手ならば無類の強さを誇るような者でも、妻相手には今にも泣き出しそうな顔をするから面白いものだ。

(俺も、ネーシャの前ではあんな顔をしているんだろうか)

「大丈夫。おまえの主人はラクダの乗り方が俺よりもうまい。たとえ、どんなことがあっても帰ってくるさ」

笑いかけると、男の妻はまたも旦那の尻を強かに張った。

「頭領をおいて一人で逃げてくるんじゃないよっ」

「わ、わかってるっ、そんなことするはずないだろうっ！」

洞窟中に響きわたるほどに笑いが響く。

「よし、出るぞっ！」

ユァンに跨がり、声をかける。

男たちは覆面をつけ、「オウ！」と声を合わせ、洞窟を出立した。

今回、狙うのは、ダジャルハンという大商人の積み荷だ。

他の商人たちが傭兵《ようへい》を集めて自衛する一方、必要最低限の護衛しかつけていない男だ。

理由は簡単。せっかく交易で利益をあげてもほとんど護衛費用で飛んでしまうのを惜しんでいるのだ。

すでに商隊の進路は、様々な手をつかって調べつくしている。

護衛の数はわずかで、十分、決行は可能だ。

地形は頭のなかに入っている。

ダジャルハンの商隊はこの先を行っており、今、太陽が中天に差しかかった時分は、オアシスで休息をとっているはずだ。

そこを急襲し、一気に荷を奪う。

「頭領！　た、大変だ！」

先に斥候《せっこう》として出していた二人が慌てたように駆けてくる。

「どうしたっ」

「ダジャルハンの商隊が、襲われてるっ」

「お、俺たちと同じ黒い布を巻いている。きっと、モヒルの虐殺をやった連中だ」

「頭領、どうしますか?」

シャルが轡を並べる。

「……相手の数は」

「俺たちの倍くらいだと思います」

三十人か。かなりの大所帯だ。

「襲うぞ」

「危険ですっ」

シャルが反論するが、かぶりを振った。

「連中はまだこっちに気づいていない。不意を突けば倍くらい、どうとでもなる。連中の一人でもいい。捕まえたい。ある程度は痛めつけても構わん。なぜ俺たちを騙りながら悪行の限りをつくすのか知りたい。——それが俺の意見だ。みんなはどう思う」

わずかな間をおいて、「やろう」と口々に声があがった。

「よしっ」

シャルを見ると、彼も意を決したようにうなずく。

「僕だけが逃げるわけにはいきませんからね」

アティルは仲間たちの顔を一つ一つしっかりと見ながら、口を開く。

「ダジャルハンの荷は放っておけ。賊を倒すことだけに意識を集中しろ。いいな」

アティルは馬から下り、オアシスを臨むことのできる小高い砂丘に這い蹲り様子を窺う。

たしかに商隊が襲われていた。オアシスの水が赤く染まっている。

おそらく商隊のほうは全滅だろう。

三人ほどがラクダに乗って周囲を警戒しているようだが、大半は戦利品にうつつを抜かしている。

行くならば今をおいて他にない。すぐに馬上の人となったアティルはシャムシールを抜き、背後についている仲間たちを見やる。男たちがそろってうなずく。

「行くぞ……っ!!」

アティルが声高に叫び、ユァンの横腹を蹴る。

空気をぴりぴりと震わせるアティルたちの喊声《かんせい》に、血潮を浴びながら戦利品の物色をしていた盗賊たちが気づく。

しかしそのときにはすでに彼らのただなかにアティルの一党は乗り込んでいた。

まず狙うは彼らの足――ラクダだ。

尻を叩いてやれば、ラクダたちはてんでばらばらのほうへ駆けていく。

ユァンを叱咤し、逃げ惑う徒《かち》の盗賊たちを馬上より斬りつけ、また、蹄《ひづめ》にかけた。

それでもいち早くラクダに跨がった盗賊たちの何人かが反撃に出てくる。

（こいつら、なんだ）

馬上で何合か剣を交わせば相手の力量は知れる。

そこから判断する限りでは、ただの賊とは思えない。

あきらかに馬上での戦いに馴れた手練《てだ》れだ。

(兵士崩れかっ)

統制の取れた動きからも、そう判断するほかない。

油断しているとこちらが逆に危うい。

相手の剣を胸先三寸でかわし、わき腹へ蹴りを見舞い、ラクダから落とす。

(よしっ)

不意を突けたおかげで、なんとかこちらが優位を保てている。

馬上の賊を次々と斬り捨てていけば、さすがの賊たちも恐れをなして、アティルから距離を取り、踵を返して逃げていく。

それを追おうとする仲間たちには「行くなっ」と制した。

「手のあいてる者は他の仲間たちを助けてやれ」

矢継ぎ早に指示を出しながら、

(シャルはっ)

ラクダたちが行き交うことで砂塵《さじん》が舞いあがるなか、いつの間にかはぐれてしまった腹心の姿を探る。

「頭領っ」

シャルがラクダを操りながら駆けてくる。

「無事か――」

手を挙げて互いの無事を確認しようとしたそのとき。砂塵の薄膜を突き破り、シャルの背後より黒い影が迫る。

賊が剣を振りあげ、シャルを背中から袈裟斬りにしようと迫る。

「シャルッ！」

ユァンの横腹を蹴り、二人の間に割って入った。

剣で受けとめる暇などない。直後、背中を激しい痛みが襲う。

「つぐ……！」

鐙を踏み締めて踏ん張り、振り向きざまに剣を薙《な》ぐ。

「ぎゃあああっ!!」

男の剣を握っていた腕を斬り落とせば、痛みに悶絶した男がラクダから落ちる。

「頭領っ！」

手綱を握っていた手から力が抜ける。落馬するのを、ぎりぎりのところでシャルが支えてくれる。

背中が燃えるように灼けつく。

やがて、世界が闇に塗りつぶされた。

呼びかけるシャルの声が遠ざかり、目の前が霞む。

笑いかけたつもりだったが、頰を引き攣らせることしかできない。

「……そう、か」

「は、はい！　頭領のおかげですっ！」

「シャル……ぶ、無事、か」

「頭領！　頭領っ！」

洞窟内は騒然とした。その中心にいるのは重傷を負ったアティル——。

「たくさんのお湯！　それから布をあるだけ！」

タイーブの声が洞窟内に響いた。

彼女の指示に男衆や女性、子どもたちが走る。

その騒がしさに気づいて、外に飛び出したネーシャははっとした。

「アティル……？」

ネーシャは俯《うつぶ》せで担架に乗せられた恋人のもとへ駆け寄る。

彼は上半身を裸にされ、覆面につかっていた黒い布を袈裟がけにあてがわれていた。そしてその黒い布はじっとりと濡れていた。

布に触れた指先を見る。そこは赤黒く濡れていた。

「な、なにこれ」

頭が真っ白になってしまう。

なにかの冗談のように思えて頬がひくひくとわななく。

「……そ、そんな、嘘……あ、アティル……アティルっ！」

頭のなかが塗りつぶされるや、ネーシャは発狂したように目を閉じた恋人にしがみつき、揺さぶる。

しかしすぐにシャルや他の男衆に羽交い締めにされ、引き剝がされる。

「ネーシャさん、いけません！　頭領は手傷を負っているんですっ！」

「……そんな……どうして……いや……い、いや……っ」

羽交い締めにされる力が弱まると、ネーシャはその場にくずおれる。

小刻みに震え、涙がこぼれる。

「いやあああっ!!」

しかしそんな悲鳴をかき消すかのように、

「しっかりおしっ！」

不意に頭を強かに殴られるような衝撃を受けた。

仰ぎ見ると、タイーブが立っていた。

「ネーシャ！」

母親にすらそんなふうに呼ばれたことはないくらい、強い口調をぶつけられた。

睨みつけられ、胸ぐらを摑まれる。

「た、タイーブさん……あ、アティルが……死――」

「馬鹿言うんじゃない！　死んじゃいないよっ！　あんたに泣いてる暇はないんだっ！　涙じゃケガ人は救えないんだからねっ！」

はっとして顔を上げる。

「ここに書いてある薬草をうちから持ってきておくれ」

「た、タイーブさん、わ、私……どうしよう、どうしよう」

「私はあんたの母親じゃないんだ。そんなことは、自分で決めなっ、できるのかできないのか！」

「で、できますっ」

胸ぐらを摑んでいた手から力が抜ける。

「頼んだよ。――さあ、頭領を運んでおくれっ！」

ネーシャはごしごしと目元をぬぐうとタイーブから渡された書きつけを手に走った。

――アティル、この国のために生まれた子よ……。私はあなたを誇りに思います。国のために死ねるなんて……。あなたは私の、この国の宝ですよ。

俺を抱き締め、額にそっと口づけをしながら母上が言う。それが口癖だった。

俺と母上は、トノゥア宮で育った。王宮とは別に建てられた離宮だ。

王の后は普通、後宮に住まうはずなのに俺たちは違った。むしろ、王宮へ近づいてはいけないと厳しく言われて育った。

出歩けるのは小さな庭先だけ。

——それはね、私たちが特別だからなのですよ。あなたが特別で、そんな特別なあなたを私が産んだから……。

特別の意味はよくわからなかったけれど、どうでもよかった。

母上がそれでよかったら、それで構わなかった。

母上は特別という言葉を嬉しそうに口にして笑う。

母上が笑ってくれることが一番だった。

でも母上はいつも部屋に閉じこもり、日がな一日、ずっと窓から王宮のほうを眺めていた。気持ちがいいくらい晴れているから庭を散歩しましょう、と呼びかけても、

——ダメよ。陛下が訪ねてくださるかもしれないのよ。待っていなければなりません。

そう言って、母上はいつも俺の誘いを断った。父上はほとんど来ることはなかったのに。

——でかしたぞ、おまえはこの国に捧げられる子を産んだんだ、名誉なことだぞ……陛下

はそう言って、赤ん坊のあなたを愛おしそうに抱いてくださったのよ。

父上の足が遠いことを指摘すると、母上は決まってその話をして、嬉しそうに目を細める。だから父上がほとんど来ないことを指摘することは、次第になくなった。

母上がそれでいいなら、俺はそれで構わなかった。

ただ、ほとんど誰も訪ねてこない離宮にいる自分たちはまるで閉じ込められているようだと心のなかで思った。

悪いことなんてなにもしていないはずなのに。


ネーシャの目の前で、アティルが寝台に横たわる。

治療はなんとか成功したとタイーブは言っていた。

新しい清潔な布を幾重にも巻かれ、その姿は痛々しいばかりだった。

室内にはぷん、とえぐみのある独特なにおいが満ちていた。

タイーブ特製の薬草をいくつもまぜ合わせ、発酵させた塗り薬が布の下、縫いつけた傷口に塗られているのだ。それが傷口から出てくる膿《うみ》を吸ってくれるのだという。

治療は終わったが、やることはたくさんだ。

身体が冷えないように汗を拭かなければいけないし、日に何度も布をとり替え、薬を塗り直さなければいけない。

膿をたっぷりと吸った薬草のにおいはまるで腐った死体のようだよ、と半ば脅かされるようにタイーブに言われたが、ネーシャは大丈夫です、やれますと言った。

タイーブの忠告はただの脅しではなかった。はじめて替えたときには本当に鼻がねじれてしまいそうな臭気で涙がこぼれた。

それでもどうにか、やりおおせた。

様子を見に来てくれたタイーブからも、これなら任せられると太鼓判を押してもらえた。

まだアティルの意識は戻ってはいない。

(お願い、アティルを守ってくださいっ……)

ネーシャは、自分の守り刀とバザールで彼にプレゼントされたネックレスを彼の手にしっかりと握らせ、祈った。

母上が倒れたとき、俺はシャルを相手に庭で剣術の稽古をしている最中だった。

悲鳴が聞こえ、血相を変えた召使いが飛び出してきたのだ。

いつになく多くの人間が王宮と離宮の間を行き交った。

一度だけ母上を見た。

母上はまるで眠っているようだった。しかしその顔は紙のように白く、みずみずしかった唇は青ざめていた。

う。

死んだのだと召使いに言われても、不思議と悲しくはなかった。

青ざめてこそいたが、母上の顔はなにかから解放されたかのように安らかだったからだろう。

母上はいつも父上を待っている間や、思い出話をした後、すごく悲しそうな顔をしていた。

話しているときにはあんなにも幸せそうなのに。

母上は王の后としてではなく、ただの女として葬られた。

——許せよ。あれは存在していない后なのだ。

どれくらいぶりかに現れた父上は表情のない顔で、そう言った。

意味はもちろんわからなかった。では、私もなのですか、と問うと、そうだと言われた。

それでも、そうか、と思うだけだった。

だから自分たちはこんなところに閉じ込められていたのだと、かえって腑に落ちた。

——おまえは生まれたその瞬間からこの国に捧げられているのだ。だが、悲しむことはない。それはおまえが特別だからだ。

——特別とはどういうことなのですか。

——いずれ、わかる。

そして父上は去っていった。

離宮ではシャルと二人きりで過ごすことになった。

「――ネーシャさん、休憩をされてはいかがですか」

シャルが温かな湯気をたたえた食事を持ってきてくれた。

「ありがとう。でも、今は食欲がないの」

「そう言うだろうからってタイーブさんにも言われました。でもスープなら大丈夫でしょう？」

「……それなら」

スープは野菜屑《くず》と羊肉の入ったものだ。スープの表面に脂が浮いて、食欲を刺激する。

いつか行ったバザールで訪れた屋台のことを思い出す。

「少し眠られては？　私が見ています」

「大丈夫です。ぜんぜん眠たくありませんし」

そうですか、とシャルは小さくうなずき、手持ち無沙汰のように壁に寄りかかる。

そしてしばしネーシャが布でアティルの寝汗を拭いているのを眺めていた。

「……私の、せいなのです」

シャルはしばらくの沈黙の後、ぽつりと言った。

「シャルさん……？」

「私をかばって頭領はケガを負われたのです。……申し訳ありません」

「謝らないでください。アティルだって謝って欲しいわけではないはずです。大切だから守った、それだけなんだと思います」

「ネーシャさん……」

やや顔を俯けていた彼は顔を上げる。

「殿下はきっと目を醒まされます」

殿下と呼んだことを自然と受け入れていた。シャルもあえて言ったのだろう。訂正することはなかった。

「当たり前です。むしろこのまま一人でどこかへ行ってしまうなんて私が許しませんから」

「そうですね。あなたをおいていくことは許されない」

にこりと笑いかけると、シャルもまた相好を崩す。

「――殿下にお仕えしたのは五歳のときです」

シャルはまるで何気ない世間話をするように口を開く。

「私の両親は召使いとして王宮に仕えておりました。殿下と年が近かったこともあったのでしょう。そばで仕えるようにと、ある日、言われたのです。殿下は幼くして母君を亡くされてもしっかりとしておられ、日々を勉学や剣術の稽古に費やされておりました。私など必要ないほどに、殿下は身の回りのことはご自分でされていました。私は、まあ、ただの話し相手です」

シャルは幼い日々を懐かしむように虚空を見上げた。

「すごいわね。まるでおとぎ話に出てくる立派な騎士みたい。……まあ、物語の騎士はところ構わず、身体をべたべたくっつけてくるようなことはしないいんだろうけど」

「それだけあなたを愛しているということです。正直、私も驚いているのですよ。あの方が、ここまで誰かに夢中になることに」

「ねえ、アティルの子どもの時代がすっごくよくできた子だってことはわかったけど、苦手なものとかないの？」

「小さな頃は虫が苦手でしたね」

「へえ。男の子なら好きそうなのに」

「足があんなにたくさんあるのが気持ち悪いとむすっとしておられましたよ」

「ぜんぜん想像ができない」

「ときおり虫が窓から入ってきたときなど、部屋中をひっかき回さんばかりに逃げ回っておられました」

シャルは笑顔を引っ込め、苦しげに言葉を続けた。

「――殿下はお強い方です。私ならば、背中を向けてしまうような過酷な運命と向き合っておられる」

それを聞ける日は来るのだろうか。

二人で過ごしていても時折、彼の見せる切なげな眼差しを見るにつけ、自分はそれを話してもいい相手だとまだ認められていないのではないかと、アティルのそばにいればいるほど怖くなるときがあった。

「それでも一度だけ殿下が弱音をこぼされたことがありました。夜中、叫びをあげて飛び起きられたのです。剣を抜き、家具という家具を蹴散らして。なんとか私どもが駆けつけ落ち着かせました。すると、殿下は闇に塗りつぶされる……そう譫言《うわごと》のようにおっしゃられました」

「闇……？　どういう意味ですか」

シャルは首を横に振った。

「わかりません……。具体的なことではなく漠然とした不安が形をなしたものかもしれない。あのときから、私の気づかないところで運命はたしかに殿下を蝕《むしば》んでいるのです。私はそのとき、自分の愚かさに気づいたのです。殿下は強くなどないのです。私たちと同じ普通の人間なんです。でも、決してあの方は弱音を吐かれない」

と、不意にシャルは片膝をつく。それは身分の低い者が、主君や位の上の者に対する作法だった。

「シャルさん……!?」

「ネーシャ様、殿下を救えるのはあなた様だけです。殿下のことを、どうぞよろしくお願い申しあげます。あなただけが、殿下を無慈悲な運命から救える……私はそう、信じておりますっ」

彼の真摯《しんし》な眼差しに、ネーシャは背筋を伸ばす。

「そうありたいと私も思います」

「きっと、そうなります」

シャルはいつもの彼に戻って、部屋を出ていった。

(アティル。あなたの周りには素敵な人がたくさんいるのね。その人たちを悲しませるような真似は絶対に許さないんだからっ)

そうして再び額の汗をぬぐう。


母上が亡くなって数ヶ月が経ったある日、父上が離宮に足を運んできた。

──おまえの兄を連れてきたぞ。

紹介された少年は俺や父上とはまったく違った。

金色の髪に、冴《さ》え冴《ざ》えとした青い瞳に、白くすべらかな肌。

まるで女の人のように綺麗だった。肌つやがよくふっくらとしている分、痩せ気味だった母上よりももしかしたら……。

こんな綺麗な人が自分の兄なのかと驚き、そして誇りにすら思った。

——はじめまして、アティル。僕は、サリフだ。

にこりと微笑まれると、それだけで嬉しくなってしまう。

どぎまぎして、俺はたどたどしい自己紹介をするので精一杯だった。

——許してやれ。アティルは馴れていないだけだ。

——わかっております。ねえ、父上、二人で遊びたいのですがよろしいでしょうか。

そうサリフが言うと、父上はアティルには一度も見せなかった優しげな顔で許しを与えた。

俺と兄上は連れだって庭に出た。

——兄上、私は剣術をしているのです。兄上も、よろしければご一緒にいかがですか……。

血を分けた兄がこうして自分に会いにやってきてくれた。それだけで胸は高鳴った。

笑いかけた次の瞬間、俺の顔は強張った。

さっきまで天使のようだと思えた端整な顔立ちに不意に怖気をふるったのだ。

具体的にどうとは言えないが、背筋が寒くなった。

兄上が怖い顔をしたというわけではなかった。

魅入られんばかりに透徹とした青い瞳を前にしていると心臓がドキドキして、逃げ出したくなってしまう。

サリフは笑った。その笑い方はひどく軽薄で、残忍な感じがした。

——おまえは俺が殺す。よく覚えておけ。おまえは死ぬために生まれてきたんだからな。

ただそう一言だけ言って、すぐに父上のもとへ戻っていった。

俺は足がすくんで、その場からしばらく動けなかった。


アティルのそばでついうとうとし、はっとして飛び起きる。

(い、いけない……私ったら)

涙目をこすり、小さく欠伸《あくび》をしながら顔を上げる。

「アティル……？」

横たわる彼は荒い息遣いをくり返していた。

「アティル！」

「つぐ……ぁあ……うぅあっ……」

荒い呼吸のなかに苦しそうな呻きがまじり、やがて気を失ったように全身から力が抜ける。

唇に手をかざす。息をしていなかった。

「だ、誰か！　誰かぁっ！　タイーブさんを呼んでっ!!」

喉が嗄れんばかりに、ネーシャは声をあげた。


十八の誕生日を迎えると同時に、俺は己の運命を告げられた。

俺は死ぬために生まれてきたのだと。それは国のために忠節を尽くすのではない、そのままの意味だった。

──アティル、この国のために生まれた子よ……。私はあなたを誇りに思います。国のために死ねるなんて……。あなたは私の、この国の宝ですよ。

母上はそのことを知っていた。知っていて、誇りに思っていたのだ。

それは本心からのものだったのだろうか。それとも、父上の寵愛《ちょうあい》を受けられないご自分をそうやって慰めつづけたのだろうか。

どちらにせよ俺はその運命を受け容れた。いや、それしか道はなかった。自分はそのためだけにこれまで生かされていたのだから。

覚悟はできた──はずだった。

しかし、ときどき、うなされる。

身体と心、なにもかもが黒く塗りつぶされる、そんな夢に声をあげて飛び起きることは珍しくなかった。

そうして今も俺は闇のなかをたゆたう。

そこはサリフからもたらされた絶望の言葉で満ちている。

国に捧げられるために存在しているだけの、自分を持つことのない許されない、存在していない王子。

その先には死がある。ただの死ではない。安らぎのない、不名誉な死。

母上のようにあんな安らいだ顔は許されない死。

疲れました、母上……。

俺にはあまりにも荷が重かったんだ。

だから、そちらへ行っても構いませんよね、母上。

悪いな、シャル。おまえをおいていく俺を許せ。おまえの主《あるじ》はすべてを放り出す、卑怯者だ。

それから。

それから……。

いや、もういい。もう、忘れてしまおう。すべて、終わりだ。これで、終わりなのだ。

どうしてもっと早くこうしておかなかったのだろう。

どうして生きることに義務感を覚えていたのだ。

もっと早く楽になれたはずなのだ。

闇に身を任せようとしたそのとき。

——っ!!

たゆたう闇にかすかな波紋が走る。

誰だ。

——……イル……。

かすかに降り注ぐ声が波紋を起こしている。

放っておいてくれ。俺はもう疲れた。シャルなら許さんぞ。おまえは最近、俺に逆らってばかりだ。一体主人をなんだと……。

——ティル……。

頼む。誰だか知らないが、もうこれ以上は。

——アティルッ！

はっとして閉じかけていた瞼を開ける。

——アティルッ。

母上？　いや、母上は死んだ。

——誰だ。どうして、そんなに懸命に俺を呼ぶ……？

その声は切実な響きをもっていた。

——逝《い》ってはダメ。帰ってきて、アティル……アティル、お願い……お願いよっ！

声が色を帯びる。

声の降ってきた方を見あげる。

この声を、俺は知っている。知りすぎているくらいだ。

俺はどうして、泣いているんだ……？

涙はぬぐうそばから頬を熱く濡らしつづけた。

もっとその声が聞きたい。重たい泥のようにまとわりつく闇のなかでもがく。

——みんなを……私を、おいていかないで。私を、虜《とりこ》にした責任をとって!!

不意に闇を斬り裂くように一条の光が差す。

その声でもっと自分の名前を呼んで欲しいと思った。

いや、呼ぶだけでは足りない。そのやわらかい肌を感じたい。あの緑色の瞳のなかに俺の姿を映して欲しい。

闇のなかでもがく。光の差すほうへ限界まで手を伸ばす。

虜にした？　違う。俺こそ、おまえの虜になった——

——ネーシャ……!


「——う……ぁ……」

聞こえてきた呻きに振り返ると、アティルが目をあけていた。

「アティル!?」

「……ねーしゃ……?」

澄んだ琥珀色の潤んだ瞳のなかに、ネーシャの姿が映り込む。

「タイーブさん！」

「なんとか、なったようだねえ」

タイーブはふぅと額の汗をぬぐい、それから触診をおこなう。

「もう大丈夫だろう」

「俺は……？」

「急に苦しみだして。だからタイーブさんを呼んで……」

ぼんやりとした眼差しだったが、そこには確かに光がある。

「よかった……よかった……っ」

ネーシャはアティルの右手を両手で包み込んだ。

頬を熱いものが流れる。それでも口元は微笑みをたたえた。

「まったく頭領は運が強いね。

「……悪いな、タイーブ。俺の唇はネーシャだけのもんなんだ。なあ？」

「し、知らない……わよ……！」

ネーシャは耳まで赤くして俯く。

「まったく妬《や》けるったらありゃしない。……頭領、そのあんたの愛している子に感謝するんだね。一週間近くもつきっきりで看病してたんだ」

「タイーブさん、本当にありがとうございます」

「いいってことよ。この人はあたしたちにとっても大切な人だ。……なにかあったら呼びな」

タイーブを見送った後、ネーシャは目の端に浮いた涙をぬぐいながら傍らに座った。

「俺は、どうしたんだ……？」

その声はいつものような張りが失われ、掠れていた。

「あなたは、シャルさんを庇って背中を斬られたの。でもあなたのおかげで、シャルさんは無事よ」

「そう、か。おまえは……ずっと、そばにいてくれたんだな」

「うん」

「……世話をかけた」

「これくらい別にどうってことない。……それに、これがあなたを守ってくれたのよ」

手に握らされていたのはネーシャの守り刀、そしてバザールで彼女へプレゼントした宝石。

「……ネーシャ……」

「ん？　どうしたの？」

「俺は――」

アティルの瞼が下り、身体から力が抜けた。

「アティル!?　アティル！」

目を見開き、呼びかける。

そんなネーシャに聞こえてきたのは、

「……っ、……っ」

すぅすぅ……とかすかな寝息。

「……な、なにそれ」

脱力してしまう。

急に意識を失ったものだからまたなにか起こったのかと思ったけれど……。

「もう、紛らわしいんだから」

口元をゆるめたネーシャはアティルの手をいつまでも握り締めつづけた。


「——そんなことがあったのよ」

はじめて目覚めてから一昼夜ののち、アティルは再び目を醒ました。

ネーシャはアティルにこれまであったことを一通り話す。

「そうだったのか。いらない心配をさせたんだな」

「覚えてないの？」

「ああ……まったくな。目醒めたことも、正直……」

今のアティルの眼差しはあのときよりもしっかりしている。

「それでずっと手を、か」

今もネーシャはアティルの手を握り締めつづけていた。

アティルが手に力を込めると、ネーシャははっとしつつも頬をゆるめる。

「――夢を見たんだ」

「夢……？　どんな？」

「……子どもの頃のことだ。父上も母上も、兄上も出てきた……。なのに、誰もが俺に、死ねという……」

「……うん」

「だが、おまえだけは違ったんだ」

「私も出たの？」

「いや、おまえの声が聞こえたんだ。おまえだけが俺を、求めてくれていたんだ」

「当然よ、もう……離ればなれになるのは嫌だもの」

「……もう？」

ネーシャはかすかに躊躇いながらも意を決して口を開く。

「あなたは覚えていないかもしれない。でもね、私たちは昔、一度だけ会ってるの。子どもの頃……あなたは、私を助けてくれた。タジマムーンの庭園で、木から落ちたところを身を挺して」

そう言って、腕に残っている傷痕に触れる。

「――シャルが、そのときのやつが俺だと言ったのか……？」

ネーシャは首を横に振った。

「その目……私を助けてくれた人の瞳を忘れられるわけがない……。だって私の初恋なんだから。あのときとくらべれば、ずいぶん身体も顔も大人になってしまったけれど、不思議なの。あなたの姿と、あのとき出会った男の子の顔とがね、私のなかではちゃんと重なるの」

「……っ」

アティルはいきなり顔を伏せると身体を小刻みに震わせた。

「アティル？　どうしたの!?　痛むの……そうなのね。ま、待っててタイーブさんを──」

そのときだ。強い力で抱き寄せられた。

「っ……!?」

気づくと唇を塞がれていた。

彼の唇はかさついていたが、それでもしっかりとした熱をたたえる。

「んっ……んう……っ」

舌が伸び、歯列を割り開かれた。

鼻から吐息を漏らしたネーシャはうねる舌の調べに合わせるように絡めた。

存分に口内を味わいつくすと、アティルは満足したように顔を離した。

「な、なにやって……！　そんなことしてる場合じゃ……」

「どこも、痛くないんだ」

「でも！」

「おまえが悪い。いきなり、あんなことを、言うから……初恋、だなんて……」

アティルの赤銅色の肌がかすかに紅潮し、切れ長の瞳は潤んでいた。

「え……？」

「俺だって、そうだっ！　おまえがはじめての……それまであんな気持ち、知らなかったんだ。あのとき、おまえと出会ったから……今の俺がある。何度も、おまえのことを思い出した。だからこそ俺は――」

「あなたも、私のことを覚えていてくれたのね」

「当たり前だ。忘れられるはずがない……っ」

それだけで胸がいっぱいになってしまう。

アティルは無邪気に笑った。

「また、おまえにこうして触れられて、よかった……。叶うなら、おまえとここでしたい」

「もっと話がしたいとか、言えないわけ」

「それは後回しだ」

「もう……」

二人でまた笑い合う。

「ダメか。ここでするのは」

「いいわけないでしょう。そんなことをしたら身体に障る。せっかく傷が治ってきてるのに」

「この程度の傷……。持て余す苦しみにくらべたら……」

手首を摑まれ、股間《こかん》へと導かれた。

「っ」

シャルヴァルの股布が今にも張り裂けんばかりに盛りあがっていた。布ごしにも痛いほどにわかる、硬く熱いものの感触が掌にじっとりと染み入る。

「どうだ」

「ど、どうって……？」

「おまえが欲しいんだ。だからこんなにも……」

手のなかのものが苦しげに脈打つ。

「でも、やっぱりダメよ」

「なら、手でしてくれ」

「……手？」

「俺がやり方を教えるから」

アティルは恋人からのあまりに突飛すぎる願いに逡巡《しゅんじゅん》したが、「頼む」と彼の懇願に結局は抗えず、小さくうなずく。

（その程度なら、大丈夫よね）

「この間まで命が危なかったのに、どうしてここはこんなに……」

シャルヴァルと下着を一緒に脱がせると、脈打つ樹茎が露わになった。そこはひとりでにビクンビクンとわななく。

「危なかったからこそだろうな。男の生存本能ってやつだよ。で、どうだ」

「な、なにが」

「こうして俺のをちゃんと見るのははじめてじゃないか？」

「そ、そんなの知らないわよっ」

からかわれたと知って、ネーシャは頬をふくらませた。

「それじゃ、やるわね？」

説明された通り、茎幹へ指を伸ばすが、とても指が回りきれない。

（あ、熱い……っ）

火傷してしまいそうだった。

「ネーシャ……おまえの手は冷たいな。それだけで気持ちいい」

アティルは目を細め、切なげに言う。

「アティルのが熱すぎるのよ」

ネーシャは言われた通り、ゆっくりと上下に扱きはじめた。

「うっ……」

「大丈夫？　やっぱり傷に……」

「ち、違う。気持ちいいんだ。つ、続けてくれ」

しばらくすると先端部から雫がこぼれ出た。

（お、男の人も感じると濡れるのね）

そんなことをぼんやりと考えながら、長大なそれを扱きつづける。

「いぃ……ネーシャ、いいぞ……っ」

「本当に？」

「ああ……」

こぼれ出た雫が手を濡らす。それはヌルヌルして、温かい。

扱きに合わせてアティルは眉を寄せ、ときおり切なげな吐息を漏らした。

（このあたりも、したほうがいいのかしら）

先端の笠のように広がった部分に手をすべらせれば。

「う……ぁ……！」

アティルはこらえきれないと言わんばかりに声を漏らした。

「ご、ごめんなさい！　大丈夫!?」

「い、いや……おまえは悪くない。ただ、そこはもっと優しく、頼む」

「そうだったのね。えっと、優しく……」

「……ああ、そうだ……う、うう……っ」

いつもはネーシャが感じさせられるばかりだった。

だから、こうして彼が悶えている姿は新鮮で、胸の奥がウズウズしてくる。

たしかにそこは感じる部分だったらしく、さっきよりもアティルの顔が悩ましくなった。

「うう……ぁあ……最高だ。おまえの肌が吸いついて……ううッ」

アティルの手が寝台に食い込む。

鼓動が高鳴る。もっと彼を悦ばせたいという気持ちがこみあげる。

「ね、ねえ、他にして欲しいことは？」

アティルはその積極的な申し出に一瞬、驚いたようだったが、にやりと笑う。

「胸で」

「胸……？」

「胸で挟んでくれないか？」

「……それで、いいの？」

「頼む」

ネーシャはカフタンを脱ぐ。

彼の物欲しげな視線を感じると恥ずかしいのに、身体の奥が疼き、火照るのを感じた。

薬草のにおいにとって代わるように、室内には男のにおいが満ちはじめていた。

「胸で、挟む……こう？」

要領がうまく摑めなかったか、どうにかこうにか挟み込んだ。

「ああ……そうだ。ネーシャの胸は、さすがだな。やわらかい。それだけで気持ちいい」

両膝をつく恰好で上体を伸ばすように、胸の谷間で樹茎をあやす。

（ち、近い……）

すぐ間近に先端が迫る。

男茎のわななきが伝わってきた。

「こ、これだけでいいの？」

「いや。胸で扱いてくれ」

ネーシャはゆっくりと胸を左右、交互に動かしながら擦る。

「くっ……！」

アティルは必死に喘ぎをこらえようとしていたようだが、ときおり、こらえきれないという風に声を漏らす。

（男の人って、あんまり声を出したがらないものかしら）

恥ずかしいのだろうか。気持ちいいなら、声はつい、出てしまうものなのに。

ネーシャは、アティルの声をもっと聞きたいと思う。

いつもは自分ばかり恥ずかしくさせられているのだ。それでは不公平だ。

(私、いつからこんなことを考えるようになってしまったのかしら。……きっと、アティルのせいね。彼がすっごくいやらしいから私にまでそれがうつってしまったのかも)

さっきアティルが大きく身悶えた、槍の穂先のような突端を特に念入りに刺激した。

「……積極的だな。おまえもずいぶん、いやらしいな」

辛そうに顔をくしゃりとさせてアティルが言う。

心のなかを見透かされたかのような彼からの一言に顔から火が出そうになる。

ネーシャは屹立《きつりつ》を押しつぶすように胸を押し当てた。

「あッ……くぅ……」

彼が悩ましい声をあげるたび、胸の鼓動が激しくなった。ずっと彼の肉棒と接しているネーシャ自身の身体まで敏感に変わりはじめる。

(どうして？　胸で擦っているだけなのに)

下腹に悩ましい熱情が溜まっていくようで、思わず両脚を閉じる力を強くしてしまう。

脈打つ血管が細かな凹凸を作っている彼のものと、肌が擦れるだけで身体が火照る。

(や、やだ)

秘処のかすかな湿りを感じ、下唇をそっと噛んだ。

「ネーシャ。舐めてくれ」

「え……？」

自分の変化に戸惑うさなかの懇願に、ネーシャは聞きかえしてしまう。

「舐めるって……こ、ここを……？」

さっきからそこはひっきりなしに牡のにおいを立ちのぼらせている。

「……ダメ、か？」

アティルはどこか叱《しか》られた子どものような顔をする。胸がずきりと疼く。

そんな顔をされてしまったら嫌だなんて言えない。

「わかった。舐めればいいのね？」

ネーシャは唇を近づけ、舌をそっと出す。

ちろ……。

「あ、うッ……」

「ど、どう？」

「いい感じだ。もっと、だ」

ネーシャはうなずくと、チロチロと舌を出し、屹立に舌を這わせる。

(なにかしら、これ……。ネバネバして、エッチな、味……)

しょっぱさとかすかな苦みだろうか。決しておいしいとはいえないはずなのに舐めたくないとは思わなかった。

「ああっ、すごい。ネーシャは舌まで最高だなっ」

アティルがため息まじりに言った。

「なにそれ、褒められてる気……しないわ」

ちろちろと棹《さお》をしゃぶれば、びくんびくんと胸のなかで牡の象徴がわななく。

「俺としては最高の褒め言葉、なんだけどな」

「そんなんじゃ女は喜ばないわよ」

「――なら、これはどうだ。おまえも感じてくれていて、嬉しい」

「え？」

「ここが勃っている」

不意に、両方の乳首をそっと抓られた。

「ああんっ……！」

快感のさざ波が広がった。こりこりとほぐされ、紙縒《かみより》でも作るみたいにいじくられると、ゾクゾクした震えが走りぬける。

「だ、だめ。そこ、いじられちゃうと……んんっ」

「ここをいじられると……なんだ？」

アティルが意地悪そうに笑う。

「ぷっくりとして、色も濃くしている。いやらしい身体だな」

自分でも、あまりにも舌っ足らずで卑猥な声をあげている自覚はあるが、どうしようもなかった。

指で挟まれ、ときに圧迫されて弾かれる。硬軟おりまぜた間断ない刺激に胸を動かすどこ
ろではなく煩悶してしまう。

「や、やめて……っ。それ、されたら、な、舐めてあげられない……っ」

ネーシャは身悶え、かぶりを振った。

「それでいいんだ。これ以上、されたらやばかったからな」

「や、やばい……？　ぁあ、あっ、んんっ……」

両方の性感帯から手を引かれると、思わず物欲しげな声を漏らしてしまう。

「せっかく、生きて帰ってこられたんだ。出すんだったら、最初はおまえのなかがいい。お
まえだって、もう欲しくなってるだろ？」

「なにそれ、勝手に決めないで、よ……」

「でも、残念ながら俺はこの身体だ。動いてやれない。だから、おまえに受け容れて欲し
い」

今さらアティルの求めを拒否するという選択肢などあるはずもない。

ネーシャは一糸まとわぬ姿になる。

「おまえの裸はやっぱり綺麗だ」

アティルはため息まじりに呟いた。

「どうしたの。やたらと口がうまくなったのね」

「思ったことを言ってるだけだ」

さっきまで胸の間で震えていた肉棹に指を沿えた。

「ゆっくりでいい。おまえのやれる範囲内で構わないから」

「うん……。い、いく……わね？」

ゆっくりと腰を落とす。

「あっ」

身体のなかがゆっくりと押し広げられ、アティルのものが押し入ってきた。

「う、ああ……ネーシャ、おまえのなか、すごく、熱いぞッ」

「アティルのだって……んッ……ぁあ……も、燃えているみたい……」

「燃えるさ。おまえがあんなに色々してくれたんだからな」

震える下半身に意識を集中させながら、ネーシャはゆっくりと腰を落としていく。

（ああ、深い！）

さっきまで顔の間近にまで迫っていた鏃《やじり》のような屹立が、ネーシャのなかを変形させながら深い場所まで突き進んでくる。

「あっ……ん、んんっ……」

男根が沈んでいくたび、甘えたように息が弾んだ。

目を閉じ、受け容れることだけを今は考える。圧迫感の強まりに何度も腰が引け、敏感な部分と広がった笠が擦れるたび、思わず腰を持ちあげてしまう。

進んでは戻り、戻ってはまた進む。

「おい、さっきの仕返しか、それは……」

アティルがたまらないというように声をあげた。

「そんなわけないでしょう。んんっ……だって、こうでもしなくちゃ……」

「なんだ？」

「あなたの、大きいから……っ」

不意にアティルが舌打ちをした。彼のそんな苛立ちがくっきりと表情に出るなんてことは滅多にないだけに驚いた。

「くそ……身体の自由が利かないのがつらい」

「どうしたの急に」

「おまえをいますぐ押し倒して、抱きしめて、貪りたいんだっ」

「ぴょ、病人は安静にしてないとね？」

ネーシャは下腹に手を添える。

「もう、すぐ……ああっ、もうすぐ……」

腰を完全に落としきれば、喘ぎがこぼれた。

「つぐうああ……ネーシャッ」

彼の黒々した叢《くさむら》と擦れて、くすぐったかった。

(すごく深い。もしかしたらいつもより、ずっと深いところに届いてるかも)

下腹が押しあげられて少し息苦しいが、それでもアティルを受け容れられたという達成感のほうがずっと大きかった。

「ねえ、どう?」

「気持ちいいに決まってるだろうが……。こうしているだけで、おまえのなかが動いて……う……絞りとられてるみたいなんだ」

「じゃあ、このままでいましょっか」

すると、アティルの表情が今にも泣き出さんばかりにくしゃりとする。

「おい、本当に……」

「嘘よ。なあに、今の顔」

「……なんだか今日のおまえは意地悪だ。生還した恋人への配慮が足りないぞ」

アティルは拗ねたように唇を尖らせた。

「どこかの誰かさんが、いつもこういう最中にはすっごく意地が悪くなるから、それがうつっちゃったのかもしれないわね」

「な、なあ、本当に……」

「わかってる。ちゃんとするから、そんな顔をしないで」

(まるで大きな子どもなんだから)

ネーシャは膝を立てると、ゆっくりと腰を持ちあげた。

「ああ……」

笠がとろとろになった媚壁と擦れ、肌が粟立つ。

指先が震え、身体のなかをかきまぜられている快美にどろっとはしたない蜜がこぼれた。

(自分でするると、い、いつもより感じちゃう……かも)

腰がわななき、半ばのところで腰を落としてしまう。

「あっ、ん……!」

ズンと最深部を穿《うが》たれると仰け反った。

ネーシャは再び腰をもたげる。

無意識のうちに柳腰を小刻みに動かして調整し、一番、刺激が強い場所を求めてしまう。

「ああっ……これ、なんだかすぐにおかしくなっちゃう、かもぉ……」

一時は生死すらさまよっていた恋人に跨り、腰を振る。その背徳感がさらに、妖しい甘美を増幅させる。

「本当にいつもより、いやらしいな」

「い、言わないで……」

気づけば涙目になっていた。アティルはさっきよりもずっと辛そうな顔で仰ぎ見てくる。

恥ずかしい。こんなにはしたなく、淫らな姿を恋人の前でさらすなんて。

しかし彼によって開かれた女体は狂おしいほどの愉悦を貪っている。

「締めつけが……っくう、なんだか、自信をなくしそうだ」

「じ、自信……？」

「本当はおまえのことをそんなに気持ちよくできていなかったんじゃないかって……。それくらい、今のネーシャはいつもよりもずっと、感じてるみたいだ」

胸が痛いくらいに鼓動を奏でる。深い場所を抉られるたび、甘美の火花が爆ぜた。

「……はあっ、ああっ、腰が……」

止まらない――。

自分で動くことでアティルのたくましい男根の形が、どんな風になかをかきまぜているのか、あまりにも生々しくわかってしまう。

それに応えるように蠕動する秘処の淫猥さまで。

「ネーシャ。おまえはそんなにもとろけた顔をするんだな」

「んっ……だって、これは、あなたがしてくれって、言うからぁっ……」

舌っ足らずな反論すら淫らに染まる。

「腰を上げたときのほうが、入れるときより感じるのか？」

仰ぎ見ながらアティルが胸へちょっかいをかけてくる。

「し、知らないわ……っ」

目を逸らしても腰を上下に動かすたびに、秘処がどれほどの力で男根を食い締めるのかが腰への疼きの度合いでわかってしまう。

「眼福だな。お前の胸がいやらしく弾んでいる。食べ頃の果実のようだ」

言って、ぷっくりとふくれた先端を抓んできた。

「あああ、いやぁっ……！」

それによってただでさえギリギリ踏ん張っていた力が抜け、ぺたんと膝をついてしまう。

「ん……んっ……」

それでも腰を止められなかった。むしろ、上下に動かすよりもずっと負担が少ない分、さっきよりも自分が男を欲しているかのような浅ましさが強調されてしまうようで、ネーシャの戸惑いは強くなってしまう。

（こんなにもはしたない女だと知られて、彼を、がっかりさせてしまうかもしれない……）

それでも間断なく迫りくる陶酔を拒絶できない。

吐息が弾み、全身をくねらせ、甘美に酔いしれてしまう。

自己嫌悪と、髄まで溶けていくような快楽で、心がかき乱される。

「ご、ごめんなさい、アティル！　わ、私……、自分がこんなにもいやらしい女だったなんて、はじめて知ったの……嫌いに、ならないで……っ」

さまよわせていた両手をしっかりと握り締められる。

彼の厚みのある大きな手が頼もしかった。

「ネーシャ、馬鹿を言うな。おまえがいやらしくなってくれて俺は嬉しいよ。俺だけにしか見せない顔……だろ？」

「あ、当たり前、じゃない……！」

快楽に酔い、吐息まじりに言う。許容量を超えた快感のせいで息をするのも忘れ、涙ぐんだ。

「それならもっと乱れろ。俺の上で。俺だけに見せてくれっ」

言うや、腰を衝きあげられ、弓反った。

「ああん！」

柔襞を巻き込みながらの不意打ちにたちまち達してしまう。

しかし、逞しい腰つきから生み出される支配欲に溢れた抽送は終わらない。

「やぁっ、あぁっ、はぁぁんっ……ぁあああ……っ！」

様々な角度から突き入れられる剛直に、ネーシャのとろけた秘壺が蹂躙《じゅうりん》されてしまう。

蜜でねっとりと濡れた秘処がはしたなく締めつけを強める。

交わったところが二人の露でみるみるぐっしょりと濡れた。

今にも身体がばらばらにされてしまいそうなほど力強い律動に、達した直後の昂ぶりの波がすぐに高まってきてしまう。

「だ、め、ああ……アティル……わ、私……またぁ……っ！」

「一緒だ。一緒に果てるんだ」

アティルは歯を食い締め、辛そうに言った。

柳眉を悩ましく歪め、唇を噛み締める。ネーシャはこくこくとうなずく。

アティルの腰遣いが乱暴になり、余裕をなくす。

絡み合わせた指が白くなるほど力が入る。

「ん、んん、んんん……」

わななく怒張が深いところに達するや、情熱の飛沫《しぶき》がぶちまけられる。

「はああああ……!!」

彼の子種で蜜処が満たされ、身も心も愛する人の灼熱で焼きつくされてしまう。

太ももに力が入り、ネーシャは彼の欲望がぶちまけられた後も全身をつかって、彼の長大な肉塊をしぼりあげた。

「あ、てぃ……る……っ」

切れ切れに声を漏らし、脱力したネーシャは恋人の身体に被さった。彼はしっかりと抱き留めてくれる。

「腰が、がくがく、だわ……」

「それだけ感じたってことだ」

うっすらと汗ばんだ胸板に頬を押しつけると、自分に負けず劣らず高鳴る鼓動を感じる。

「ごめんなさい、あなたに負担をかけてはいけなかったのに」

「謝るなよ。俺が、動きたくって動いたんだ」

「痛みは？」

「平気だ」

彼が唇を近づけると、思わず顔を背けてしまう。

「どうした？」

「……だ、だって、さっき、あなたの舐めたし……」

「馬鹿」

顔を摑まれ、振り向かされる。唇を押しつけられる。

気持ちよさ以上に、幸せを感じた。

「……ありがとう」

「お礼を言われるほどのことはしてないわよ」

「いや、おまえがそばにいてくれるだけで、俺は……」

「アティル……」

もう一度――そっと、触れるか触れないかの口づけを返した。

# 第六章

アティルの療養は続いた。

傷は深かったが、タイーブの治療とネーシャの手厚い看病によって意識を取り戻してから一週間で、包帯をほどくことができた。

アティルはすぐにでも身体を動かしたいと言ったが、これはさすがにネーシャやシャルをはじめとしたみんなで全力で止めた。

とはいえ、今日から歩けることになった。

「タイーブさんはやっぱり名医だわ。あんなにひどかった傷がここまで治るなんて」

「あいつには足を向けて寝られないな」

アティルは寝台に座ると、ゆっくりと右腕を回す。

「どう?」

「問題ない。それにしてもさすがに二週間以上寝ているだけってのはきつい。すっかり身体が鈍《なま》ってる」

「そうは見えないけど」

「これ以上寝てたら、きっと腹が出てくる。そうしたら嫌われる」

ネーシャはため息をついた。

「そんなことで嫌ったりなんかしないわ」

「そうか。だったらもっと寝ててもいいかな。治ったら、こうして一日中、つきっきりでそばにいてはくれなくなるだろ？」

「そんな魂胆を持ってるほうが嫌いになるわよ」

「だったらこうして自由な身になって……」

アティルは立ちあがるや、ネーシャの腕をとって抱き寄せる。

「捕まえるとするか。こっちのほうが早い」

「そうね、こっちのほうが私もいいわ。その……自分から、あなたを求めるというのは、大変だから……」

「俺は新鮮でいいけどな。これからも、もししたくなったら俺の寝込みを襲ってもいいぞ。大歓迎だ」

「もう……。元気になるのも困りものね」

アティルは笑うと、長袖衣《ギヨムレツキ》に袖を通した。

「――お二人とも、盛りあがっておられるようですね」

「おお、シャル。俺がいない間、すまんな」

「頭領、無事の回復、おめでとうございます」

「まあ、これでネーシャと一日中、過ごせなくなるのは痛いけどな」

「それはケガをする前もそうだったのでは？」

「おまえが邪魔をしに来るだろうが」

「僕は仕事のために頭領のもとへ行っていただけです」

シャルは、まったくと苦笑する。

「それで、どうした？」

「実は先日、捕らえた捕虜に関してですが」

不意に話が血なまぐさくなってきた。

「そうか……。ネーシャ、すまん。ちょっと出てくる」

ネーシャは詳しいことは聞かず、ただ一度うなずいただけで、アティルたちを送り出してくれる。

「……よくできた方です。すっかりここの流儀にも慣れていながら、決して姫君としての気品は失われていない」

「当たり前だ。俺がほれた女だぞ」

「そうでした」

アティルたちは肩を並べ、空き家の一つに足を向けた。

そこには黒いカフタン姿の男が転がされている。捕まえられてからこっち、まともに水浴びすらしていないせいか、むっとした臭気が漂う。

人の気配に手足を拘束された男は身体を震わせ、さらに縮こまった。

「ザルフト――」

シャルが言った。それが男の名前のようだった。

「さきほど言ったこと、間違いありませんね」

「ああ……」

アティルがケガに苦しんでいる間、この男はかなり過酷な尋問の日々を送っていたらしい。青く腫れ上がった瞼によって歪んだ目がうつろで、息をするのも苦しげだ。

「ではあらためて、名を」

「……ざ、ザルフト・ゴートゥア」

「職業は?」

かすかな躊躇い。

「あまり手間をかけさせないでください」

「……タジマムーン王家近衛軍……分隊長」

「なっ!?」

アティルは目を見開き、たまらず一歩踏み込んでいた。

「ふざけるな。おまえのような賊が……」

声をあげながら、この連中の動きを思い出していた。

ただの賊にしてはとれすぎている統制や剣の技量――。それがもし、軍の訓練でつちかわれたものであれば腑に落ちることがありすぎる。

「いや、そんなはずがない。おまえらは食いっぱぐれた、兵士崩れだっ！」

「頭領、これを」

シャルは短剣を見せた。

「なんだこれは」

「一度、ごらんになってください」

一瞥《いちべつ》するなり息を呑んだ。

その短剣の柄にはタジマムーン王家の刻印――獅子《しし》の図案がほどこされていた。それも士官以上の人間に授けられるものだ。

「だからといってコイツが現役である証拠は」

「普通、軍から追放されるほどの人間は命令違反の常習者や素行不良、タジマムーンの軍人としてふさわしくないおこないをした者、です。そんな人間たちがあれほど整然として動きができるかどうか。仮に徒党を組めたとしても、警備の網をかいくぐれるはずはありません」

アティルは言葉に詰まると、シャルはあらためてザルフトを見た。

「あなたたちの仲間も、同じなのですか」

「……そうだ」

「近衛軍全体で、盗賊行為をしていたのですか」

「……違う。選ばれた連中だ」

「なぜ王の忠実な手足となるべき近衛軍が、あのような盗賊行為をしていたのですか」

「命令だからだ」

「我々と似たような姿形をしたのは」

「それも、命令だ」

「なぜ」

「……し、知るものか」

「モヒルの街での虐殺は？」

「我々が、やった……」

「なぜ無辜《むこ》の民を殺したのですか。盗賊行為が目的ならば、そこまでする必要はなかったのではありませんか」

「盗む行為そのものは、どうでもよかった。本命は殺すことだ。とにかく、こ、殺せ……と、できるだけ、多くの人間を……だから……」

「では、カイカリュースの姫君の花嫁行列を襲ったのは」

ザルフトは苦しそうに呻いたが、シャルは構わず尋ねつづける。

その質問は、アティルの心を尖らせた。

「……庶民だけでは足りない……。高貴な者の血を、……そういう命令だった」

身体が小刻みに震える。アティルは拳をきつく握り締めた。

近衛軍に命令を下せる人間はこの大陸広しといえども一人しかいない。

近衛軍は王族ではなく、王そのものに忠誠を誓う。

「タジマムーン王が……サリフが命じたというのか！　おまえたちに、女子どもだけでは飽き足らず……ネーシャまで殺せとっ!?」

ザルフトの胸ぐらを掴んだ。

「……そうだ」

――数多ある小国家の娘にすぎん。問題ない。それから女は処理しておけよ。後で生きているということになると面倒だ。――それから、このような些事でわざわざ呼び出すな。時間の無駄だ。

――おまえは俺が殺す。よく、覚えておけ。

残忍で、酷薄な、あの青い眼《め》。

（……兄上が、そんな……そんなはずは……）

頭ではその可能性があると冷静に思える。しかし感情がついていかない。

兄はこの国を愛し、憂えている人なのだと思う、いや、思おうとしている自分がいた。

「う、嘘を言うなっ！」

「本当だ……嘘など……つ、つくものかっ」

「貴様はそのような偽り事で伝統ある近衛軍の栄誉を穢すのか。それが、兵のなかの兵と謳《うた》われる精鋭の言葉かッ！」

怒声を響きわたらせるや、アティルはシャムシールを抜く。

「頭領！」

シャルの叫びも無視して研ぎ澄まされた刀身をかざす。

「本当だ！　た、助けて……本当のことなんだぁっ」

男はシャクトリ虫のようにじたばたと足掻き、自分から逃げ場のない、部屋の隅へと逃げ込んでいく。

「頭領、いけません……！」

羽交い締めにしようとするシャルを振り払う。

「この、面汚しめ！」

アティルは大上段に構えた剣を振りおろす。

「ほ、本当だ、嘘じゃ……うわあああああっ！」

じわじわと床に、男の漏らした尿が広がっていく。

刀身は男の頭から数センチ上のところに突き立てられる。

荒々しい息遣いをくり返した。

「俺の、せいだ……俺が、やらなかったから、だから、兄上は――」

アティルはその場で膝を折った。


帰ってきたアティルのまとう空気感はいやに刺々しかった。

それだけでなにかがあったのだとわかる。

「今、帰った」

彼はネーシャに笑顔を見せてくれるがその瞳にさっきまでの溌剌《はつらつ》とした輝きはない。それにまっすぐ自室へ行ってしまう。

「ネーシャさん」

すぐ後に現れたシャルに駆け寄る。

「なにかあったんですね」

「……その……」

シャルは今にも泣き出しそうな顔をしながらも口ごもる。

「言わなくていいです。アティルから聞きます……。ここは私に任せてくださいませんか？」

「お願いします」

彼は小さくうなずいて踵を返した。

ネーシャは台所へ行き、果物を入れた器と小刀を手にして、彼の部屋の前へ向かう。

「アティル。私よ。果物があるのだけれど、食べる？」

「……果物か。いいな」

部屋に入ると、彼は寝椅子に座っていた。ネーシャは隣に並んで腰かけた。

「まさかこんな洞窟で果物が食べられるなんて最初のうちは信じられなかったわ」

リンゴの皮を剝く。

果肉に刃を入れれば、芳醇で甘酸っぱい香りが広がった。

「うまくなったんだな。ここへ来たときには、まったくできなかった」

「練習の成果よ。でも皮を繫げるのはまだまだ。あれは本当にすごいわ。芸術作品みたいだもの」

大袈裟だな、とアティルは苦笑する。

「だが食べられるところがたくさん残るだけでも十分な進歩だ。はじめての頃を覚えているか。おまえが鬼のような怖い顔をして皮を剝いていると思ったら、全部の皮が剝ける頃にはほとんど芯だけだったからな。俺はなにか呪いの儀式にでも使う道具を仕立てているのかと思ったぞ」

「ひどいわね。さあ、剝けた。七十点くらいね。どーぞ」

「……ん、うまい」

アティルがひょいひょいとリンゴを抓んで、しゃりしゃりと音を立てて咀嚼《そしゃく》する。

「どうする？　まだたくさんあるわよ。今度は……」

と、影が差す。

顔を上げるまでもなく、きつくきつく抱き締められる。その勢いに膝に乗せていた果物を入れた器や、手にしていた小刀が床に落ちた。

まるで迷子のように震える彼の頭を、ネーシャは優しく抱き締める。

アティルはネーシャの胸に顔を寄せた。

「俺のせいで、人が多く死んだ……」

震えがますます大きくなる。熱い吐息が肌にかかった。

「モヒルの虐殺……あれは、俺の責任だったんだ。俺が、命令に従わなかったから、だから、兄上が……」

(サリフが……？)

唐突に出てきた人物に、心臓が跳ねた。

自分が嫁ぐはずだった、残忍な瞳をもつ美しき王。

「それだけじゃない。おまえが襲われたのも、兄上が、命じたことだったんだ。俺が、ちゃんとしていれば……すべては、俺の甘さが招いた……」

「――やめて、アティル！」

「っ」

ネーシャの鋭い声にアティルは顔を上げた。

そっと彼の顔に手を添える。

彼の潤んだ琥珀色の眼差しに、自分の姿が映るようにしっかりと前を向かせる。

「あなたの優しさを、甘えなんていう言葉で汚さないで。ねえ、アティル。あなたがいなかったら私は今ごろ死んでいた。それだけじゃない。ここに住んでいる人たちだって苦しい境遇のままだったはずだわ。あなたが助けてくれたからこうして毎日、笑って過ごせているの。あなたがいたからこそ、みんなは毎日を生きていける」

アティルはうっすらと自嘲的に笑い、目を伏せた。

「俺はどうしようもなく弱い男だ。情けない……おまえはきっとそう言ってくれるとわかっていた。だからこうして――」

「一人の力には限界があるわ」

ネーシャはアティルの言葉を遮るように決然と言った。

「なにもかも背負おうとすれば簡単につぶれてしまう。それはその人が弱いからじゃない。限界があるからなのよ。でも、今のあなたはあまりにも一人でがんばりすぎる……。情けなくたっていいじゃない。それがいけないこと？　弱いことは罪なの？」

彼の腕から力が抜ける。ネーシャが代わりに抱き締める力を強くする。

「私はあなたを支えたい。でもそれは、あなたのこの広い背中に隠れながらではないの。あなたの隣で一緒に立って、あなたと同じものを見、あなたと同じ喜びを、苦しみを分かち合いたいの。あなたが膝を折ったら、肩を貸してあげたい。私にその資格は、ない？」

「だが――」

彼の唇を塞ぐように、そっと口づけをする。

「資格は、ない？」

もう一度、強く言う。彼の琥珀色の双眸をじっと見つめた。

「おまえは、強い女だな……」

アティルはふっ……と息を吐く。

「好きな人がいると、女は強くなるのよ」

「なら俺の隣を歩いてくれる女《ひと》よ。おまえに聞いてもらいたいことがある」

「はい」

「タジマムーン王家の血筋の呪いについて、だ……。ついてきてくれ」

アティルに手を引かれ、ネーシャが向かったのは洞窟の奥。これまで危険だからという理由で一度も足を踏み入れたことのなかった領域だ。

長い通路の先に青白い光に照らし出された半ば崩れた建物が見えてくる。

洞窟の天井にあいた穴から青ざめた月明かりが差し込み、白い壁に青い丸屋根の礼拝堂がぼんやりと浮かんでいた。

礼拝の時刻を知らせる三角屋根の鐘楼《ミナレット》が寒々しく屹立している。

建物の外観にほどこされた装飾や意匠は半ば風化していたものの、手の込んだ造りだとわかった。

「……綺麗」

思わず足を止めて、独りごちる。

「ここは俺たち、呪いを受けし者に与えられた、よすが……」

アティルと共になかへ入る。

左右の壁にはタジマムーンの魔龍討伐の挿話をモチーフにしたモザイク画が描かれている。

上を見れば、鍾乳石の丸天井《ムカルナス》があるものの、その一画が崩れて空に浮かぶ薄絹でできた帯のごとき月明かりを引き込んでいる。

礼拝堂の奥にある太陽と月を祀《まつ》る聖龕《ミフラーブ》の磨き抜かれた金の装飾が神秘的な輝きを放っていた。

長い歴史を経て見える建物のなかにおいて、そこだけが、昨日できあがったばかりのように真新しく見えた。

そのミフラーブを背に、アティルはネーシャと向かい合う。

「なぜ、この大陸の国々がタジマムーン王家を戴くか、知っているか?」

アティルの声が響く。

「それは英雄王朝の名に相応しい働き……タジマムーンの代々の王がこの大陸の危機を救ってきたから、よね」

「そうだ。王家の始祖・タジマムーンが四つ首を持ち世界を焼く炎をまとう魔龍を討伐したのと同じように、な。でも、そんなことが本当にありえると思うか?」

「……でも、代々の王がそうしてきたからこそ、みんなはタジマムーンを戴くことに異論がないんじゃないの? 私も歴史を学んだから知ってるし、各地にもその記録は残ってる」

「いや、反乱や動乱がなかったとは言っていない。それはたしかにあった。さかのぼれるだけでも何百年分の事実がある」

「それじゃあ……?」

「討つ者と討たれる者……それは果たして無関係だったのか」

アティルの言うことはまるでなぞなぞだ。

「ごめんなさい……。あなたがなにを言いたいのかわからない……」

「すまん、この場の空気にあてられすぎたかな。少しもったいぶった言い方になったか」

アティルはうっすらと笑みまじりに言い、言葉を続ける。

「……すべてが演出だということだ。タジマムーン王家が自分たちを絶対の君臨者として仕立てるための。討たれる者はすべて王家に連なる者だったんだ。歴代のタジマムーン王は他の国々の領地で、数多の人々が殺されるのを傍観しつづけた。悪は大きくなればなるほど倒したときの偉業は長く語り継がれ、それに比してタジマムーンの存在は重くなっていく」

「……そんな！」

「王家に連なりながら決してその存在を表に出すことができない。それはすべて賊として討たれるため……。俺はそう教えられた。おまえは生まれたその瞬間からこの国に捧げられている——父上にはそう言われたよ」

死ぬために、いや、殺されるためだけに生まれた存在。

（そんなことが、本当に……？）

しかしアティルは真剣そのもので、それに彼はタジマムーン王、サリフの弟だ。

これまでアティルが一人で背負ってきたものの、闇の正体を目の当たりにして、ネーシャは思わず身震いしてしまう。

そんなのはあまりに、悲しい——いや、そんな言葉では足りない……。

「他の国はそのことを知っているの？」

「知っていればいつまでもタジマムーンをありがたがるはずがない。……俺は盗賊になることを求められ、従った。疑問がなかったといえば嘘になるが、国のためという思いのほうが強かったんだ。連綿と続いていたものを俺一人が勝手に変えることが許されるはずがないからな。そしてその与えられた使命のなかに民を殺せ、というものがあった……」

「どうしてそこまで……。あなたたちの存在は、私たちの国でも噂になっていたのよ？　それじゃ足りないの？」

「英雄王朝のサリフ王としては、ただのこそ泥を倒しても意味がないと判断したんだろうな……。もっと残虐極まりない冷血な賊を殺してこそ自分の、タジマムーン王としての価値が上がる」

「そんなことのために!?」

大陸を治めるために無辜の民を殺戮《さつりく》する。それでは本末転倒だ。許されるはずなどない。

しかしそんなことが何百年もの間、おこなわれてきた。

その事実の重たさに眩暈がしてしまいそうだった。

「そんなことのために、今まで数多の戦乱をタジマムーン王家は演出してきた」

アティルは自嘲するように言った。

「……でも、あなたは殺さなかった」

「そう。何度も、これは国のためだと自分に言い聞かせたが、できなかったんだ」

そのときの自分を思い返すようにアティルは月を仰ぎ見る。

「……だからきっと、兄上は痺れを切らしたんだ。自分の配下に俺たちの偽装をさせ、虐殺した。――実はな、兄からはおまえを殺せと言われたんだ」

「え……」

「……おまえはサリフに嫁ぐ娘だ。おまえを手にかければ王族殺しという箝がつく……」

箝がつく……。兄はそう簡単に言ってのけた。人一人の命をどうとも思っていなかった。

ネーシャは驚きのあまり目を見開く。

「だから、おまえの手紙を届けてやれなかった……。カイカリュース王がおまえの生存を知れば、そのことはきっとサリフのもとに届くだろう。そうなれば、あいつは刺客を送ってきかねない」

「……そうだったんだ」

「おまえに辛い思いをさせてしまった。わかってくれとは言わない……」

「ううん、わかる。あのときも私のことを守っていてくれていたのね」

「……それは守るとは言わない。ただ、見つからないよう隠しているだけだ。おまえのためを思えば、あの手紙は届けてやるべきだった。それができなかったのは俺が弱かったから……」

「そんなこと言わないで！」

ネーシャの声が深閑とした空間に響く。

「……ネーシャ」

「あなたは私のためを想ってくれた。もし本当にあなたが弱い人だったら、サリフに従っているはずだわ。だからそんなに卑下しないで」

アティルのもとに駆け寄ると、そのそばの壁に何かが刻まれていることに気づく。それはおそらく短刀で刻まれたと思えるものだった。

——国に従え国に従え国に従え！
——ここに来る我が子孫よ　これは国のためだ
——信じて逝け　たとえその身が罪と血に塗《まみ》れようとも

「……これ、アティルが……？」

いや、とアティルは首を横に振った。

「俺と同じように呪われた役割を負った先祖たちのものだ。誰もが悩み苦しみ、正しいことだと言い聞かせ、おこなった……。この洞窟の街は呪われた宿命を生まれたその瞬間から背負わされ、その名を王家の系譜から永遠に抹殺された先祖たちが最期のときを過ごした場所……巨大な墓標でもあるんだ」

アティルは穴の開いた屋根の向こうから差す青ざめた月明かりを一心に浴びる。琥珀色の瞳がまるで、空の遥《はる》か彼方《かなた》にある月を映しているかのように妖しい光を帯びた。

こんなときなのに、その美しい立ち姿に、ネーシャはしばし見とれてしまう。

しかしいつまでもそうしてはいられない。

聞かなければいけないことがある。

「――あなたは、どうする……ううん、どうしたいの？」

「俺は……もう、終わりにしたい。これ以上、こんな呪われた血のために苦しむ子孫が出ないように……」

それはずっと考えていたことだ。考えては踏ん切りがつかないままだった。

でもネーシャの存在がもう一度、心に明かりをともした。一人では限界がある。そう、一人で背負うにはあまりに重い運命。だが、もし彼女が共に歩んでくれるなら。

と、ネーシャに手を握られる。

「わかったわ。一緒に行きましょう」

「ネーシャ……」

アティルの手に力が宿る。

「ああ」

二人はそのままシャルのもとへ向かった。

シャルは二人の手を繋いだ姿を見るなり、すべてを悟ったように片膝をつく。

「殿下……」

「シャル。俺は、呪われた血を終わらせようと思う」

瞬間、シャルが雷に打たれたかのように小刻みに震えた。

「よくぞ、ご決断を……」

「おまえたちのおかげだ。——兄上に遣いを。私は立つ、と。これ以上の盗賊行為は他国の警戒が厳しく、難しいからと……。それから一騎打ちにて勝負を決したいと。歴代のどの王も未《いま》だご自分で剣を振るい、賊の討滅をなしたことはない。きっと歴史に名を残せるでしょう。あなたの弟、アティルの最期の願いと思い、どうか聞き届けていただきたい……」

「アティル!?」

ネーシャは目を剝き、

「殿下、そのようなこと、サリフ様が乗ってこられるはずが」

シャルもまた言葉を失う。

「いや、兄上はきっと乗ってこられる。あの方は、俺のことを筋書き通り動く駒だと思っておられるから……たしかに、これまではそうだった。……しかし今は違う。俺は愛することを知った。駒じゃない、人間なのだと……」

「わかりました。すぐにかかります」

アティルは次いで、住人たちに集まってくれるよう声をあげた。

「おや、今度は婚礼の日取りでも発表かい、頭領っ」

タイーブが手を繋いだままの二人をひやかすように声をかける。

周囲が笑い、子どもたちが「お嫁さんだ！」とはしゃいだ。

「そうしたいのは山々だが、その前に大きな仕事をやらなきゃならん。そしてみんなに謝らなければならないことがある」

それまで笑顔で見守っていた人々が、アティルの真剣な顔つきに、戸惑う。

「俺は今まで身分を偽ってきた。……俺は、タジマムーン王国の第二王子、アティル・ユージュ・タジマムーンだ。そして隣にいる、ネーシャは、カイカリュース王家の姫君、ネーシャ・ムゥ・カイカリュース殿下だ。これまで身分を騙ってきたこと、申し訳ない」

「皆さん、ごめんなさい……っ」

アティルとネーシャはそろって頭を深く下げる。

しんと場が静まりかえり、耳が痛いほどだった。

アティルは顔を上げるのが恐ろしくなり、思わずネーシャと繋いだ手に力が入ってしまう。

失望されただろうか。騙されたと怒りに震えているだろうか。

彼らのほとんどが迫害され、居場所を奪われつづけたのだ。

王家などというのは彼らにとってみれば偉ぶってばかりで、彼らという存在を一顧だにしない、憎むべき存在といっても言いすぎではない。

「まったく、そんなことでいちいち頭なんざ下げるんじゃないよっ！」

静寂を破ったのは、タイーブだった。

その声に、アティルとネーシャはそろって顔を上げる。

「つたく……、前回の交際発表のときも呆れたけどねえ、まあ、あんたらしいってことはあったけどさ、今回のはまったくあんたらしくないよ、頭領！　身分を偽ってきてすみません？　なにが、すまないっていうんだ。あんたたちが王子様とお姫様でした——だから、なんだい？　それで、あたしらの生活がなにか変わるのかい？　そりゃ驚いたけどね。まあ、だからこそネーシャがなーんにもできない割に、無駄に知識がある合点はついた。でもね、頭領！」

「は、はいっ」

指を突きつけられ、アティルは思わず背筋を伸ばしてしまう。

「あんたは王子だから、あたしらを助けたのかい？　地面を這い蹲って生きてるあたしたちを哀れんだのかい？」

「違う！　そんなことあるものか！　俺は、そのとき自分にできることをやろうと思った、だから……」

「だろう？　じゃあ、あたしらが感謝こそすれ、あんたたちが謝ることは……まあ、子どもたちの手前だ。嘘をついてすみません程度のもんでいいだろうねえ。なにも、こんな大々的に発表することなんざないんだ。なあ、みんなもそうだろう！」

タイーブの威勢のいい言葉に人々はうなずく。子どもたちはよくわかっていないながら「すっげえ！　王子様とお姫様なんてお話みたい！」やら「俺、お姫さまに勉強教わってたんだ！」と口々に騒ぎ始める。

しかしすぐにタイーブの一喝で、それも静かになる。

「で、これで終わりかい？」

あまりの飲み込みのよさに、アティルはやや戸惑いつつも首を横に振った。

「い、いや……。これからが本題だ。……このあたりは間もなく戦場になる。だからみんなには避難して欲しい」

「戦場……穏やかじゃないねえ」

タイーブは訝しげな眼差しを向ける。

「それは、あんたたちの出自に関係あることかい？」

「そうだ。具体的にいえば俺の。しかし、これ以上、詳しいことは話せない。熟考した結果だ」

「頭領一人で行かせられねえよ。俺たちも一緒に戦います！」

男衆が声を合わせる。

「ありがとう。しかし戦うのは俺だけでいい」

「俺たちじゃ足手まといってことですか！」

「違う。おまえたちにはここにいる女性や子どもたちを守って欲しい。それはおまえたちにしかできないことだ。時が来れば、おまえたちにはしかるべき知らせをやる。これは大切な役目だ。不満は……あるだろうが、勘弁しろ」

「……頭領がそうおっしゃられるなら」

男衆は悔しそうな顔をしながらも、結局、アティルの言葉に従ってくれた。

しかし女性たちのほうから別の声があがる。

「でも、一体どこへ避難すればいいの。あたしたちはみんな、てんでばらばらの出身だし。頼れる身内なんていないのに……」

ネーシャが前に出る。

「避難場所はカイカリュースの領内へ。ここに手紙をしたためておきました。国境を守る責任者に渡してください。私の署名もあります。親しい者が見れば、私の筆《て》であるとわかるはずです。もし、それでもなお疑うようでしたら遠慮なく、私が生きて帰ってきたときに、その首がどうなるか覚悟しておきなさい……とでも脅してください。役人というものはそれ以上、強くは出られぬものです」

「そりゃあいいねえ！」

タイーブが愉快そうに笑い出す。

「よし。それじゃあ、みんなは荷物をまとめて避難の準備に入ってくれ。備蓄している食糧は丸ごともっていけっ」

アティルの言葉で、人々は解散した。


「お疲れ様」

寝椅子に横たわるアティルに、淹れたてのコーヒーを渡す。

「ありがとう」

ネーシャもアティルに倣ってなにも淹れないものに挑戦してみたが、すぐに後悔した。

「といってもほとんどタイーブのおかげで話を進められたんだがな。……しかし、カイカリユースの姫君も大胆だ。自国の役人を脅すことを推奨するとはな」

「役人との正しいつき合い方を教えただけ」

ネーシャはにこりと微笑んだ。

「……なあ、ネーシャ」

「嫌よ。私は避難しない。あなたと一緒にいるわ」

アティルは機先を制せられ、うなずく。

「なら、共に立ち向かってもらいたい」

「喜んで。そのために残ったんだから。でも、私、剣の使い方は知ってるけどちゃんと教わったのは演舞くらいで……」

「いや、ネーシャは、ネーシャとしていてくれればそれでいい。もし、サリフが一騎打ちに乗ってくるならば、多くの観客を引き連れてくるはずだからな」

「観客……？」

ネーシャは小首をかしげた。

と、廊下のほうから「邪魔するよ」と声がかかると、タイーブが部屋に入ってくる。

「悪いね、王子様とお姫様の前での作法なんて知らないんだ」

「別に構わんさ。敬って欲しくって身許を明かしたわけじゃない」

「タイーブさん、コーヒーはいかがですか」

「まったくあんたたち、戦場に臨むにしちゃあ、ずいぶん暢気じゃないか」

「ここで今体力をつかいたくないですから」

そうかい、とタイーブは肩をすくめる。

「ま、あたしらもすぐに出立だ。──頭領、あんた、一時は生死をさまようほどのケガ人だったんだ。ここに残って面倒を見てやりたいのは山々だが、あっちには子どもがいるからね。カイカリュース領まで数日はかかるだろうし……。ここは医者の判断で必要とする人数の多い方を優先させてもらうよ」

「それでいい。俺はこの通り、おまえたちのおかげでだいぶ回復した」

「だから、これ。もしものことがあったときの応急処置の書きつけだよ。薬草もその分は残しておいたからね」

「助かる」

「それじゃあ二人とも、またね。……頭領、せっかく助けた命なんだ。むざむざ無駄にしたら許さないからね」

「存分につかわせてもらうさ」

威勢のいい一言にアティルは苦笑しながらうなずき、

「タイーブさん、いろいろありがとうございます」

ネーシャは頭を下げ、タイーブを見送った。


人々がいなくなった洞窟内は温度すら一、二度は下がったような気がした。

今、アティルとシャルが最後の打ち合わせをしている。

どうやらタジマムーンから軍が動いたという情報が先ほど入ったらしい。

ネーシャにできることは二人のためにコーヒーを淹れることくらいだが、すぐにやることはなくなってしまう。

アティルは休んで構わないと言ってくれた。

その好意は嬉しかったが、自分一人ばかりがのんびりなどしてはいられない。自己満足とわかっていながら洞窟の最深部にある礼拝堂へと足を運んだ。

青ざめた月明かりを浴び、そこは静かに佇《たたず》んでいる。

ネーシャは堂内へと歩みを進め、ミフラーブの前で、ひざまずき、そっとこうべを垂れる。

タジマムーンの呪われた血――。

それは果たして最初から呪いだったのか。

「――ここにいたのか」

はっとして振り返ると、アティルがいた。

「お前がどこにもいないんで慌てたぞ」

「ごめんなさい」

「いや、いいんだ。――俺も、ここで過ごそうと思っていたから」

アティルは間もなく勝負の刻《とき》を迎えるとは思えないほど、その表情は凪《な》いでいた。

「ねえ、この礼拝堂……ううん、洞窟のなかにある建物って、誰が造ったの？」

「いきなりどうしたんだ」

ネーシャは自分のなかにある考えを、おそるおそる打ち明けてみた。

演出、そうアティルは言ったが、タジマムーンの呪いの血というのは最初は苦肉の策だったのではないか。小国家の王たちはタジマムーンの血を受け継ぐ者に初代のタジマムーンと同じ英雄の資質を要求し、その圧力に耐えかねて誰かが筋書きを書き、英雄王朝が色褪《いろあ》せることを防ごうとした。最初はあくまで善意の産物だったのではないか。

しかしそれが時を経ることで自己犠牲はいつの間にか生贄《いけにえ》へと変わった。王はいつしか、たくさんいる子どもの一人を犠牲にさえすればいいという考え方をするようになってしまった。

人々の気持ちも感謝から当たり前のものへと変わった。タジマムーンがいればそれでいい。タジマムーンは英雄王朝だ、守ってくれて当たり前なのだと。

もし最初からすべてが演出であり、欺くためのものであったのであれば、洞窟にある住居やこの礼拝堂の荘厳さはあまりにもちぐはぐだ。

ミフラーブの出来は見事だ。相応の匠の手によって彫られたに違いない。

本当に最初から使い捨ての駒扱いであったならば、ここまで手をかけたものを造る必要などない。アティルが離宮とは名ばかりの軟禁生活を送っていたのと同じように。

アティルの母が名もなき女として葬られたのと同じように。

だからここにある住居や礼拝堂は、まだ呪いではなかった頃の、為政者たちからの手向けではなかったか。

すると、アティルはしばらく沈黙したのち、

「おまえの言う通りなんだろうな」

と言ってうなずいた。

「この洞窟の場所と共に父から教えられた話がある。――ここは三代目の王の子、そのなか

でも曾祖父タジマムーンの英邁《えいまい》さを色濃く受け継いだ第四王子のために、その父王が造ったらしい……。史書には玉座に目の眩《くら》んだ第四王子が国へ反旗を翻し、大陸中を蹂躙した挙げ句、兄である第一王子の軍に討たれたとあったが——実際は違ったと言われた。国を保つため、父から乞《こ》われた。英雄は戦ってこそ、血に濡れてこそ、はじめて貴ばれる。国が乱れなければ英雄の存在価値はない。それではタジマムーン王家はいずれどこかにとって代わられる……とな。英雄が現れるためには大きな敵が必要だ。そして詩を愛し、道義を重んじた第四王子は国を栄えさせるためにみずから散ることを選んだ……いや、選ばされたんだろうな。俺なんかが祖先の心を忖度《そんたく》するのはおこがましいが……」

「そんな話をしたってことは、アティルのお父上は、あなたに対して罪悪感を覚えていたのかしら」

「俺と母の境遇を考えれば、今さらという感じだったが、第四王子の話をするのはきっと、子を犠牲にすることに対する言い訳だったんだろうさ。必要なことだ、国のため、自分は間違っていない、とな……」

責任を負うべきはタジマムーンだけではない。すべてをタジマムーン王家に任せきりにしつづけた他国の王たち——もちろん、カイカリュースも含めて——も同様だ。

「私たちはみんな勝手ね……。平和が誰かの犠牲の下に成り立っているなんて考えもしなかった」

「確かに勝手だな……。しかし俺もそれに気づけなかった。——国のために犠牲になることが当然だと……拒絶することなどあってはならない……、王家に生まれた者としての責務を果たすんだと……な」

「でももう、違うんだよね」

「おまえのおかげだ」

アティルの決意がこの大陸になにをもたらすのかはわからない。それでも、この呪いの連鎖は終わらせなければならない。

誰かの不幸の上で生きることは終わりにしなければならない。

(どうか、アティルをお助けください……)

今、できることはこうして祈ることだけ——。

礼拝堂から帰り、アティルは自室に戻る。

シャムシールを持ち出し、鞘を抜き、ランプの灯《ひ》にかざした。

研ぎ澄まされた刀身に自分の姿を映し出す。

——おまえは俺が殺す。よく、覚えておけ。

頭のなかで声がよみがえる。

(兄上。俺は死にませんよ。死ぬわけには、いかなくなりましたから)

——アティル、この国のために生まれた子よ……。私はあなたを誇りに思います。国のために死ねるなんて……。あなたは私の、この国の宝ですよ。

今ごろ、母上は息子の身勝手さに怒っているだろう。あの人を支えていたのはそれだけだったから。

(母上、弁解はしません)

ただ、息子の最後のわがままだと思って聞いて欲しい。見届けて欲しい——。

(俺は生きる。ネーシャのためにも。俺自身のためにも)

翌日、夜明けと共に、アティルたちは準備にとりかかった。

といっても、必要なのは身一つ。

「……完全に包囲されたか」

アティルは独りごちる。

「蟻《あり》の這い出る隙《すき》もないほどに」

シャルはなんでもないことのように言った。

アティルはネーシャと向き合った。

彼女はうっすらと笑みをたたえながら、シャムシールを渡してくれる。

「……ご武運を」

「ああ」

剣を佩《は》いてユァンに跨がるや、並足のまま洞窟の出入り口へ向かう。

万が一のときの逃走手段は用意してある。もし、自分になにかがあったとしてもシャルがそれを忠実に遂行して、ネーシャを逃がしてくれるだろう。

洞窟の外では様々な色や、装飾のほどこされた無数の軍旗が翩翻《へんぽん》としていた。

「壮観だな」

思わず独りごちながら、腰に帯びるネーシャの守り刀の柄をさする。

予想通り、サリフは自分の晴れの舞台に、多くの他国の王を集めたらしい。

(こっちとしてもこれほどの観客は望むところだ)

派手好きで、うぬぼれ屋なあの男らしい。

しかしそのおかげでサリフが一騎打ちに乗ってくることはほぼ確実だ。

「賊よ！　大陸ヒジュラを闇に覆わんとする賊よ、このタジマムーン王、サリフが成敗してくれよう!!」

金色に輝く壮麗な甲冑《かっちゅう》に身を包んだサリフはたくましい白馬に跨がったまま大音声で呼ばわった。

顔を覆面で隠したアティルは馬を進めた。軍の威圧感をひしひしと感じる。

「サリフ王よ。貴様が俺を成敗とは片腹痛い。……我が剣をもし恐れぬならば、一騎打ちにて勝負を決めようぞ！」

「……よかろう」

サリフが馬を進めると同時に、場がざわめく。

「静まれ！　このサリフは英雄王朝の裔《えい》である！　賊ごときに負けるはずがない！　私にはタジマムーンの聖なる血が流れているっ！」

サリフは周りが止めるのを振り切り、進み出た。

太陽を浴びた金色の髪がまるで天鵞絨《ビロード》のように美しく波打つ。

戦場は水を打ったように静まりかえる。

アティルがシャムシールを抜くと同時に、サリフもそれに倣った。

最初に打って出たのはアティルだ。

ユアンに叱咤をかけ、土埃をまきあげ、突っ込む。やや遅れてサリフがそれに応じる。

一合、二合、三合――。

黒と白の堂々とした体軀《たいく》の馬が黄土の地で交錯し、目まぐるしくその立ち位置を変える。

ぶつかり合った剣が火花を散らす。

柄を握るアティルの手にかすかな震えが伝わってくる。

サリフは油断できないほどの剣術の使い手だ。

(だがっ)

サリフには大きな油断がある。

実力は伯仲。アティルは一度、ユァンを下げて距離をとる。サリフもまた同じようにする。

酷薄な王が邪悪な笑みを浮かべるのがはっきりとわかった。

「はぁっ！」

今度はサリフが先に駆ける。

——おまえは俺が殺す。よく、覚えておけ。

(兄上……っ！)

すれ違うと同時に、剣が宙を舞う。

同時に、牡馬からサリフが落ちる。

勝利を微塵《みじん》も疑っていなかったサリフの顔は驚愕《きょうがく》に包まれていた。

起きあがろうとするサリフの眼前に、剣先をかざす。

「皆、近づくなっ。近づけば、王を、殺すッ！」

「ど、どういう、つもりだッ……」

地面に這い蹲らせられたサリフが激しい憎悪に染まったうなりを漏らした。その透き通るような肌は怒りのために真っ赤になっていた。

「兄上。タジマムーンの呪われた血は俺の代で終わりにします」

「貴様ぁっ、私をぉっ、う、裏切るのか……！」

美しい顔が、歪んだ。

そこに国を想う心など微塵もない。あるのは自分可愛さの心だけ。

(この人はこんなにも醜い顔をしていたのか)

いや、これこそがこの人の本性なのだ。

「この国が何百年も前から人々を欺きつづけていたことに比べれば、これくらいの裏切り、俺は一生、背負っていけます。——人々よ、聞けえっ!!」

アティルは覆面を剝ぎとる。

「俺の名は、アティル・ユージュ・タジマムーン。先王、ワリード・イヴ・タジマムーンの第二王子であるっ!」

アティルの合図と共に、シャルにつき添われ、ラクダに跨がったネーシャ、そして身体を縛められたザルフトが引きずられるように続く。

軍勢の一角が、ネーシャの姿にざわつく。

その三日月を象った軍旗はまぎれもない、カイカリュース王家の紋章である。

懐かしさのあまり胸に熱いものがこみあげるが、ネーシャはまっすぐ前を見据えたまま進み出た。

「この方は、ネーシャ・ムゥ・カイカリュース殿下であるっ!」

「ね、ネーシャ……本当に、ネーシャなのか!?」

ざわついた軍勢のなかから、軍装に身を包んだ初老の男が進み出る。その出で立ちから、一軍を率いる王の一人だとわかる。

「そうです。父上。あなたの娘、ネーシャはこうして五体満足で生きております。私は花嫁としてタジマムーンへ嫁ぐ最中、賊に襲われ、そしてこちらにおられるアティル様に助けられたのです。そして私を襲わせるよう賊に命じたのがここにいるサリフです。皆様もご存じのモヒルの虐殺も、同じです！」

「お静かに願いますっ！」

アティルの声に、ざわめく声がぴたりとやむ。

そしてザルフトを引っぱり出した。

「証人はここにいる、この男です。この男はただの賊ではない。タジマムーン王の直属である近衛軍に所属している。すべてを、この男が証言してくれた。——諸王よ、そしてタジマムーンの勇敢なる兵士たちよ。私は戦を望まない。ただ、話がしたいっ！」

# 終章

「先生、さよーならーっ！」

「みんな、また明日ねっ」

ネーシャは手を振り、子どもたちを見送る。

カイカリュースの王都に最近、造られた学校だ。普通の民家を利用した簡素なものだったが、一般庶民にはじめて開かれた学校だ。

あれから半年あまりが経とうとしている。

アティルは国内の混乱を収束させるため、しばらくネーシャにカイカリュース領で過ごすよう言ってきた。話が違う、一緒にいると約束したじゃないと粘ったものの、「頼む」と彼はただひたすらに頭を下げるばかりだった。

——必ず迎えに行く。だから、それまで待っていて欲しい。

憤ったが、どうしようもなかった。

それまで大陸の中枢だったタジマムーンに、ともすれば戦争の原因になりかねないほどの疑惑が発生した。政情は不安定だ。国のためにもつけ入られる隙を作るべきではない、そう彼は判断したのだ。

頭ではわかっていたが、それでも感情を完全に押し込めきれなかった。

結局、半ば喧嘩別れのような形で国へと帰ることになった。

せめて事前に話してくれていれば、もっとましな別れができたはずなのに。

ネーシャは国へ戻った後、タイーブたちを王都へ招き、家や働き口を融通すると共に学校の設置を父王へ具申した。これまで貴族のための学校は存在したが、その他の人々の学舎は民間の私塾がある程度だった。ネーシャは国として教育機関を整えるべきと言ったのだ。ネーシャの熱意はとりあげられた。

そして洞窟での経験を踏まえ、教師の一人として働いていた。もちろん当初は王族とはいえ女性が働くなど言語道断だと反対の声が出たが、勉強を教えるのは知識のある者の義務だと押しきった。しかし洞窟でのときもそうだったが、ただ知識があればいいというものではない。子どもたちにどう教えればいいのかは試行錯誤で、ネーシャもまた学ぶ日々だ。

学校の敷地の外に出ると警備の兵が輿を用意して待っていた。

いくら教師として働いても王族であるということに変わりはない。

それに乗り込み、王宮へと帰る。

(それにしても手紙一通よこさないなんて)

喧嘩別れのせいで、アティルが出さないんだったら、絶対私からは出さないと意固地になってしまい、一切、近況はわからない。

もちろん宮廷にいれば召使いたちが噂話を運んでくるが、タジマムーンに関する言葉はネーシャの前では禁句だとばかりに興味のない他国のどうでもいい噂話しか出ない。それでも一度だけタジマムーンの話を召使いがしたことがあった。

タジマムーンの前王・サリフが民間人を殺戮した罪によって王位を剝奪《はくだつ》され、幽閉されたという話だ。

と、日頃の寝不足による疲れからか、うつらうつらしていたときだ。

突然、輿が止まった。

その反動で揺さぶられて目醒めたネーシャは帳をまくりあげる。

輿の行く手を遮るように黒い馬が横合いより現れたのだ。跨がっているのは覆面の人間。

「――カリカリュースの姫君を、頂戴する」

男は鞍の上で立ちあがるや、驚くべき跳躍力を見せる。警護の兵たちの頭上を軽々と飛び越し、まっすぐ輿に乗り込んできたのだ。

「下郎ッ！」

ネーシャは手元にあった護身用の短刀を構えようとするが、間近に迫った覆面男の、自分をのぞき込む琥珀色の眼差しにはっと息を呑んだ。

その一瞬の隙を突かれ男の肩に担がれる。

「ちょっと!?」

再び男は馬の背に飛び乗ると、鋭いかけ声と共に裏路地を疾走し、別の大通りに飛び出す。すぐ目の前に王宮が見えた。

「アティルっ！　あなた、アティルなんでしょう!?」

しかしその人は答えないまま馬を走らせ、まっすぐカイカリュースの王宮へ駆け込んだ。

もちろん驚いた衛兵たちが槍を手にこぞって囲もうとするが、すかさず馬上の人は覆面を外す。

「ばれたか」

そこにはこれまで何度となく夢に見た、愛しい人の顔があった。

「ふざけないで！　こんな……っ！」

ネーシャは熱いものがこみあげ、目頭が熱くなるのを感じ、唇をきつく噛み締めた。

「……悪い。久しぶりだったからな。これくらいしないと俺だとわかってもらえないんじゃないかと思ったんだ」

「なによそれ、そんなわけ、ない、じゃない……っ」

「そうだな、悪かった……」

目元をそっと指先でぬぐわれる。自然と目の端に涙の粒が盛りあがっていたのだ。

「もう……！」

アティルにそっと抱き締められると、胸に顔を埋《うず》めた。ネーシャはそのたくましい腕のなかで、懐かしいにおいと感触に身をゆだねた。

アティルは呆然と眺めている兵士たちへ呼ばわる。

「――みんな、驚かせてすまない。私はアティル・ユージュ・タジマムーンだ！　姫君の父・コフラン様に頼まれ、姫君を迎えに行っていたのだ」

「み、みんな……。大丈夫だから……」

ネーシャが声をかけると、衛兵たちは槍を引く。

馬より下りたアティルは背筋を正した兵士の一人にユァンを預け、ネーシャと手をとり合って王宮へ入る。

そして召使いたちを遠ざけ、二人でネーシャの部屋に入った。

「……迎えに来るのが遅れて悪かった」

「本当よ。本当に……待ちくたびれたわ……っ！」

「思いのほか、サリフに同調する勢力の討伐に手間取ったんだ」

「……いいの。こうしてちゃんと迎えに来てくれたんだから……」

彼の優しい光をたたえた琥珀の双眸を見据えた。

「ネーシャ」

「ん……ちょっと――」

抱き締められるやそのまま身体の線をなぞるように愛撫され、びくっとした。

「ま、まだ、日が高いわ……っ」

「洞窟では朝からしたことだってあるだろ？」

「で、でもそれは……く、暗かったし……」

「本当に嫌か？」

顎を持ちあげられ、琥珀色の眼差しに射抜かれる。

アティルは決して無理強いはしない。

熱い吐息がかすかに漏れる。

言葉にすることは憚《はばか》られて、ネーシャは自らそっと背を伸ばす。

アティルがそれに応えて、貪るように唇を奪ってきた。

押し倒されるように、二人は床にちりばめられたクッションのなかに身を横たえる。

下唇を甘く噛まれると、それだけで喘ぎがこぼれ出てしまう。

彼の舌が口内を征服しようと大胆に押し入ってきた。

「んっ……んんっ……ぁあ……」

その性急な動きに、ネーシャは懸命に追いつこうとする。

これまで離ればなれになっていた時間を懸命に埋めようという熱情が肌がひりつくほどに伝わった。

ネーシャは彼の顔に手を添え、唇を絡ませ、もたらされるつばをこぼすまいとする。

淫靡な水音がたつのも構わず、二人は眩《まばゆ》い日だまりのなかで、口元をねっとりと輝かせて、口づけを交わす。

「どうした、ネーシャ……前よりも、激しいじゃないか」

「あ、あなたの、ほうこそ……」

二人はそろって肩で息をする。琥珀色の瞳もねっとりとした光をたたえていた。

「当たり前だ。ずっとおまえのことを想いつづけていた。おまえのことを想わぬ日は一度だってなかったっ」

話の合間にも彼は唇だけでなく、耳を甘噛みし、首筋に舌を這わせる。まるでわざとネーシャに聞かせるように音をたてる。

「ああんっ……」

久しぶりの愛おしい人からの火傷せんばかりの愛撫に、肌が粟立つ。

服がはだけられていく。

「い、いやぁ、……ねえ、やっぱり暗くなってから……」

日だまりのなかでこれでもかと露わになってしまう自分の裸身を抱き締め隠そうとするが、アティルは胸のいただきを少し強めに抓ってきた。

「ひゃうぅ！」

ネーシャの身体が強い刺激を求めるのを見抜いたかのような愛撫に、艶めかしい嬌声をとめられなかった。

腕から力が抜けたところで、アティルは胸全体に手をかける。形がくずれてしまいそうなくらいぐいぐいと指を食い込まされ、ぷっくりとした突端を甘噛みしてくる。

時に歯を強く立てたかと思えば、その傷を癒やすように舌が動く。

ただでさえ敏感な場所が瞬く間に、とろける性感帯へと仕立てられてしまう。

「いやあ、ああん、そんな……んっ、んんっ……」

「ネーシャ、こんなにおまえの身体はいやらしく、感じやすかったか」

淫らな反応にネーシャ自身、戸惑いを隠せない。

「そんなこと、知らない……でも、もし、そう感じるのなら、それはきっと、全部、あなたが悪いのよ。あなたのせいで、私はこんなに」

「そうか。なら責任はとらないとな」

乳頭から口が離れると、「あ……」と我知らず、寂しげな声をこぼしてしまう。

はっとすると、アティルはどこか勝ち誇ったように眼差しを笑みで細くさせながらも、そっとなだらかなお腹やわき腹に口づけをくり返す。

「あっ……ん！」

それはぴりっと鈍い痛みが走るほどの強さで、口づけの痕が生々しく白い肌に浮かびあがってしまう。

「今度こそ、おまえとはもう離れないから」

「そ、そんなに強く吸われたら、あ、痕、残っちゃうぅ！　召使いたちに見られてしまうわ……」

「見せつければいいさ。大陸一幸せになる女の身体だ」

「んんん……いくらなんでも、恥ずかしすぎるわ……ひゃあんっ！」

声が半音跳ねた。彼の舌がへそのくぼみを捏ねるようにうねれば、熱がじわじわと身体の奥にまで浸透する。

「はあっ……あっ、ああっ、あん……んっ、んんっ……」

自然と呼気が上擦った。

そのまま下腹へ行き、陰毛をかきまぜ――秘められた場所に届く寸前でぴたりととまった。

「……あ、アティル……？」

不意に、彼が身体を起こした。

「見ろ。お前の身体がいやらしく輝いてる」

日差しに照らし出された自分の裸身、汗や彼のよだれで彩られ、てらてらとはしたなくぬめ光っていた。

「――しかし、ここはまだ、いじってもいないのに、もうすっかり濡れているな」

アティルは意地悪くにやりと笑ったかと思えば足のつけ根に手を伸ばす。

「あっ……」

指の腹で花裂をなぞられただけで痺れが走り、くちゅくちゅと、まるですでに存分に媾合《こうごう》を果たした後のような淫らな音がたってしまう。

「あっ……あっ……んん！」

まさぐられている秘処を中心に燃えるように滾る。

アティルは股の間に身体を持っていくと、まじまじと濡れそぼる花園を眺めてくる。

「おまえが、発情している、においだ」

「んっ、……ちょ、ちょっと、アティル、あなた、ずいぶん会わないうちに、へ、変態になっちゃったんじゃないのっ！」

声をあげながらも、ネーシャの声は鼻にかかって、奔流のような官能に溺れかけていた。

「そうかもな。おまえが相手だと、どうにかなってしまうんだ。でも、おまえだって好きだろう。はじめて外でしたときだって、いつもよりとろけていただろう？」

彼の視線が痛い。見ないで欲しいのに、心のどこかで、こんなにも全身がアティルを求めているのだと知って欲しいという倒錯的な感情に翻弄される。

「そんなことない――ぁあ！」

秘芽が口内に包まれた。舌による燃えるような愛撫に、ネーシャはクッションを弾き飛ばさんばかりに身体をわななかせた。

さらに太く長い指が蜜口へ押し入る。

二本の指を、みるみる受け容れてしまう。

つがいを求める媚壁をかき乱すように指による攪拌《かくはん》がおこなわれる。

「ああ、だめえ……ひぃああ、お、おかしくなっちゃうぅ！」

孤閨《こけい》を守っていた身体はあまりに過剰に反応しすぎてしまう。

「おかしくなれ。俺にだけ見せろ」

「いや……ぁあああん！」

忙しない体液の攪拌音ともたらされる恍惚に、ネーシャの細腰はびくびくっと、悩ましそうにわななないた。

そこへきて雌蕊の皮が剝かれる。

「はあぁぁぁあんッ！」

甘美のうねりが高まると同時に、強い刺激にさらされた陰部が燃える。

(ダメダメ、こんなの激しすぎちゃう……)

下半身のわななきと共に、ぷちゃっと勢いよく体液の飛沫が上がり、アティルの顔を濡らしてしまう。

(そんな、私が、ああ……好きな人の、前で……)

「ご、ごめんなさい、ごめんなさい、アティル……私……っ！」

ネーシャはどうにか彼の顔を拭こうとするが、達した直後ということもあって全身に力が入らなかった。

それどころか満ち足りた気持ちに、鼓動が高鳴ってしまう。

「ネーシャ……」

アティルはびっくりしたようだった。

その姿に王族として、いや、それ以前に一人の女として、死んでしまいたくなるような自己嫌悪の念が強くなる。

「み、見ないで、こんなはしたない、女の顔を……」

「馬鹿。俺だけが見られる顔を隠すやつがあるか」

アティルは顔を背けようとするネーシャの顎をそっと掴んで、前を向かせた。

「……でも、私っ……子どものように、お、お漏らし……」

「違う。今のは違うんだ。今のは、その……感じすぎると、女の身体が本当に稀《まれ》にだが、してしまうものなんだ」

「……ほ、本当……？」

アティルは毛羽立つ心を慰撫《いぶ》するようにうなずいてくれる。

「まあ、俺はおまえのならば、どんなものでも被っても構わないが」

「やっぱり、アティルってば変態だわ！」

「おいおい、俺はネーシャのだから、被ってても構わないと言ったんだ。そこは喜ぶところじゃないか」

「本当に女心を知らないのね、あなたは……」

「じゃあ、お詫《わ》びに、一つになろう」

あまりに突飛な申し出に、笑ってしまう。

「……なによ。それがお詫びなの？」

「お願い、かな……。好きな人に恥をかかせたり、恥ずかしい思いをさせてしまう俺を、受け容れて欲しい」

「……そんな礼儀正しく言ったって、そこはもう苦しそうじゃない。——いいわ、あなたみたいな女心のわからない人、私くらいしか受け容れてあげられないだろうし……」

「おまえなら、そう言ってくれると思ってた」

アティルは服を脱ぎ捨て、黒豹のごとくしなやかな裸身を見せる。

そして荒々しく昂ぶっている牡の象徴を突き出せば、ネーシャのなかをくつろげ、深く深く押し入ってきた。

「ぁあ、あああっ……！」

一息でアティルのもので満たされ、ネーシャは仰け反った。

（アティルでいっぱいに……）

半年ぶりに受け容れたというのに、あまりにも自然に彼のものはネーシャの花壺に馴染《なじ》んだ。

「んっ、んんっ……すごい、これ……！」

完全に埋没すると同時に、彼の厚い胸板に胸が押しつぶされる。その心地よい重み。

この半年もの間、衣食住の満ち足りた生活を送りながらも、いつもどこか心のなかで感じつづけていた物足りなさの正体に、思い至った気がした。

アティルという存在だ。

しかしただの彼の存在ではない。こうして、ネーシャを隅々まで征服し、逆らえぬ重みを感じても決して厭うことのない存在——。

(私、本当にいやらしい心と体につくり変えられてしまったのかもしれないわ)

「よかった」

想いに耽《ふけ》っていたネーシャの耳に、そんな彼の呟きが届く。

「なに……？」

「おまえのなかはどこまでも以前のままだ。もしかしたらと、不安もあったんだ。その、別れ方があまりよくなかったからな……」

「……失礼ね。私がそんな尻の軽い女だと思ってたの。でも、あなたのほうこそどうなの？　サリフの後宮には大陸中の粒ぞろいの姫君たちがいたんでしょう？」

「俺だってそんな浮気者じゃない。……おまえのことばかり想っていた」

「でも……自分ではしていたんでしょう。タイーブさんが教えてくれたわ。男性は、どうしても我慢できなくなると、自分で処理するものだって」

「あいつめ、俺の女に余計なことを吹き込みやがって……。たしかにな。していなかったといえば嘘になる。——だが、そのときはいつだって、おまえのことを想いながら、だ」

「本当に？」

「当たり前だろう。こうして」

「あっ……」

不意に身体を持ちあげられる力強さに揺さぶられる。

「おまえの身体を愛することばかりを考えていた」

彼は一突き一突きに熱を入れ、力強さをネーシャへと伝えてくる。それは言葉以上に切実に、ネーシャの心と体に染み入った。

「あっ、あっ……アティル、アティルっ、あなたが、届いてる。私を満たしてくれて、一番、深いところにまで、しっかりと届いてッ……ぁあん……」

揺りかごとはあまりに違うけれど。

こうして熱い穂先でとろけた膣内《なか》をかきまぜられることが、どうしようもなく気持ちよかった。練りあげられていく愉悦が律動によってふくれ、そうして行きどまりを突かれること

で法悦となって昇華される。

たちまち絡み合う二人の肌はじっとりと汗をかく。

「好きだ、ネーシャッ……愛している」

「私もよ、アティル」

二人は目には見えない糸に引き寄せられるかのように唇を求める。

彼の唇は濃い汗の味がした。

それがネーシャのなかの気持ちをさらに昂ぶらせる。

満足感が炎のようになって身体中に広がると同時に締めつけも強くなる。

アティルの腰遣いが余裕を失う。

精悍な顔が苦しげに歪むが、ネーシャが求めれば深い口づけで懸命に応えてくれた。

「ネーシャ、すまん……」

「きて。あなたのしたいように。わ、私をめちゃくちゃに」

「つく……!」

昂ぶった牡の象徴が抉るように最奥部を執拗にくじる。

これまでのようにネーシャを気遣わない、がむしゃらな突き込みが襲う。

ネーシャは懸命に彼に齧《かじ》りついた。

両足を腰に添え、身一つですべてを受け容れる。

「だめえ、私、んんっ、おかしく、ああ……だめになっちゃうッ……」

頭が沸騰してしまいそうな愉悦の応酬と、身体がばらばらになってしまいそうな牡の圧力とに、ネーシャは音を上げる。

「なれ、なってくれ、お、俺と一緒に……！」

「アティルっ！」

ネーシャは愛おしい人の名前を喉が嗄れんばかりに呼びながら、彼を抱き締める。

下腹を押しあげる雄根《ゆうこん》が限界を知らせた。

深い場所目がけ、熱い塊が勢いよくぶちまけられる。

びくんびくんと力強く脈打つのが、敏感になった身体に頼もしいほど響く。

「熱いの……ああっ、く、くるう……っ！」

恍惚にとろけた嬌声をあげたネーシャはみるみる高みへ昇りつめていった。

たくさんのクッションのなか、ネーシャはアティルの胸に顔を埋めるように寄り添う。

彼の手が髪をくしけずってくれるのが心地よく、油断するとすぐに睡魔に襲われそうだった。

「――不思議だわ、本当はもっとたくさん話したいことがあったはずなのに。あなたと向かい合った瞬間から……好きだってことしか考えられなくなってしまったの……」

「俺もだ」

二人は囁き合いながら、じゃれ合った。

キスをされ、しかえして。

互いの身体を撫で、時に彼の汗を丁寧に吸った。くたくたになった身体でも、そうしているだけで幸せを実感できる。

「……ずっと、こうしていたい」

思わずそんなことを言ってしまう。

「俺もだ。けど、その前にやることが残っている。俺は王になる。そして呪われた血に終止符を打つ。そのためにも、おまえに、后になってもらいたい。すぐそばで支えて欲しい。

――俺と共に、来てくれないか？」

「アティル」

「……どう、だ。受けて、くれるだろうか」

彼の手に指を絡ませ、彼の琥珀色の眼差し、そこにある自分の姿をしっかりと見つめかえす。

「もちろん。喜んで……」

二人を祝福するかのように、太陽は燦々《さんさん》と輝く。

# あとがき

このたびは『盗賊王の純真〜砂宮に愛は燃える〜』を手にとっていただきありがとうございます。

本作はとにかく褐色キャラクターが活躍できる話が書きたいという衝動の下、構想を練ったものです。キャラをつくり、それに合った世界観ということで、砂漠ということに落ち着きました（安易）。

本書内に出てくる衣装などについてアラブやらオスマントルコ、さまざまな時代の文化が混ざっております。

謝辞です。担当様、的確なご助言により本作はより密度と魅力を増したと思います。

またイラストを担当してくださった坂本あきら様。精悍なヒーロー（特にあの涼しげな眼差し）と愛らしいヒロインのイラストが、改稿の際、イメージの大きな助けとなりました。

そして本書の出版にかかわってくださったすべての皆様、なにより今、手にとっていただいている読者様に、多大なる感謝を申し上げます。

それではまたお目にかかれることを祈って。

魚谷　はづき

魚谷はづき先生、坂本あきら先生へのお便り、
本作品に関するご意見、ご感想などは
〒101-8405
東京都千代田区三崎町2-18-11
二見書房　ハニー文庫
「盗賊王の純真〜砂宮に愛は燃える〜」係まで。

本作品は書き下ろしです

Honey Novel

# 盗賊王《とうぞくおう》の純真《じゅんしん》
## 〜砂宮《さきゅう》に愛《あい》は燃《も》える〜

【著者】魚谷《うおたに》はづき

【発行所】株式会社二見書房
東京都千代田区三崎町2-18-11
電話　03(3515)2311［営業］
　　　03(3515)2314［編集］
振替　00170-4-2639
【印刷】株式会社 堀内印刷所
【製本】株式会社 村上製本所

落丁・乱丁本はお取り替えいたします。
定価は、カバーに表示してあります。


ISBN978-4-576-17002-2

http://honey.futami.co.jp/